骸骨王と身代わりの王女

ルーナと臆病な王様

ぷにちゃん

ビーズログ文庫

イラスト／中條由良

Contents

登場人物紹介
Character Introduction

ユグ。

骸骨の王として人々に
恐れられている
エデルの王様。

ルーナ。

花師を目指す平民の娘。
とある罪で王女の代わりに
人質としてエデルに
送り込まれてしまい!?

骸骨王と身代わりの王女
ルーナと臆病な王様

王宮花師。
ルーナの両親の古い知人で
ルーナのことを気にかけてくれる。

即位したばかりの
コーニング王国の国王。

書庫で出会った夜人──だけど
人間と同じ容姿をしていて？

ルーナの侍女。
悪魔の羽根を持つ美しい夜人。

［プロローグ］戦禍に咲く花

「ルーナ、水をあげておいてちょうだい」

「はいっ！」

母の指示を聞いて、ルーナはすぐに準備を始める。まだ七歳という小さな体を一生懸命動かして、建物から出てすぐのところにある井戸から木桶で水を汲み如雨露に移す。この水は、花にあげるためのものだ。

「……ふう」

額にかいた汗を手の甲で拭って空気を大きく吸い込むと、どこか焼け焦げたような臭いが鼻につく。少し遠くへ視線を向けると、黒い煙が立ち上っている。ああ、あそこで戦いが行われているのだとルーナは思った。

戦いの様子を想像し表情を歪めた少女は、名前をルーナという。

手伝いのために亜麻色の髪を後ろで一つにまとめ、両親が誕生日に贈ってくれた髪飾りを着けている。薄紅色の瞳がパッチリしている、可愛らしい子だ。オフホワイトをベースに、深緑を差し色にしたワンピースの上に白のエプロンを着けている。あしらわれたレースは、まるで花びらのようだ。

今ルーナがいるここは、コーニング王国の戦場近くに自然とできた集落。

戦争をしているのはルーナと同じ人間が住むコーニング王国と、夜人という人間ではない者が暮らす、エデルと呼ばれる国だ。

大陸の最西端が広大な森になっており、その地下にエデルがある。人間は自分たちと違う容姿の彼らを化け物と蔑み、エデルのことを死の国と呼ぶ。

コーニング王国とエデルは約三百年前から戦争を繰り返している。戦う理由は、互いがほしいものを持っており、容姿が違うからということが大きいだろうか。人間はエデルで採れるマナを含む夜石をほしがり、夜人は植物が育つ地上に自分たちの領土がほしいのだ。

数ある人間の国のうち、なぜコーニング王国ばかりがエデルと戦争をするのかといえば、コーニング王国の国土だけが夜人が住むエデルに面しているからだ。そのため、戦地は必然的にエデルへの入り口に近いコーニングの国土内となった。

そんな二国間にあるのが、ルーナがいるこの集落だ。

しかしこの集落には、人間と夜人の両方が暮らしている。いや、暮らしている……なんて、一言で済ませていい問題ではないかもしれない。ここは、戦争で傷を負った者たちが逃げ、集まってできた場所なのだ。

最初にここへ辿り着いたのは、傷を負ったコーニング王国の兵士だった。どうにか敵から逃げのびたものの、辺りには誰もおらずこのまま怪我が悪化して死ぬのだろうと思っていた。が、そこに通りかかったのがルーナとその両親だった。

ルーナの両親は兵士と同じように近くで身を潜めていた怪我人たちを集め、治療を行った。それを人間だけではなく、夜人にも同じように接した。

きちんとした家と言っていいものは、ボロの二階建ての小屋が一つだけ。おそらく、昔は旅宿か何かとして使われていたのだろう。一階には受付も兼ねた広めの玄関と、厨房と部屋が二つ。二階には、客室として使われていただろう六畳から十畳ほどの部屋が全部で五つあった。今は誰も住んでいないため、こうしてルーナたちが使っている。

そのほかの居住区といえば、簡易的な天幕だ。集落の住人は戦争で怪我を負った人間と夜人、そしてルーナとその両親。合わせて数十人、というところだろうか。

白金色の如雨露に水を入れたルーナは、小屋の二階の角部屋へ行く。ここはルーナと両親にあてがわれている部屋だ。室内にはベッド二つと机があり、歩くスペースをわずかに残して、鉢植えで埋め尽くされている。

「お母さんとお父さんは怪我の治療で忙しいから、わたしが花のお世話をしなきゃ！」

床に如雨露を置いて、ルーナは何度か深呼吸をして精神統一を図る。今から行うことは、集中しなければ失敗してしまう難しいことなのだ。

「自分の体の中にある『マナ』を意識する……」

目を閉じて、ルーナは自分のマナを感じとる。

マナというのは地上の生物すべてが持つものだが、その量は種族や個体によって差がある。夜人と違い人間はそれほど多くのマナを持てない上に、扱いもあまり上手くない。ルーナは両親に教わり、最近やっとマナの扱いが上手くなってきたところだ。

「自分のマナを、如雨露の中へ注ぐ……」

ルーナが意識すると、ふわりと淡い光が如雨露の水を包み込んだ。これで、ルーナのマナが水に含まれた。

「よしっ、上手くできた！」

あとは花に水をあげるだけだ。ルーナは花に話しかけながら順番に如雨露で水をあげていく。

「今日もたくさん怪我人が来たんだよ。血がたくさん出てて……わたしはちょっと怖くなっちゃったの。……でもね、お母さんが花であっという間に治しちゃったの！」

喋るうちに、ルーナは興奮してくる。いつか自分も両親と同じ『花師』になって、多くの人を助けられるようになりたいのだ。

「エデルの人も、お母さんたちにお礼を言ってたんだよ。最初は、人間なんかの助けはいらねぇ！　って、怒ってたのに」

ルーナが楽しそうに話していると、ふふっと笑い声が室内に響いた。見ると、ルーナが話しかけていた花の一つ、息吹の花が揺れ、ほわりとした光のようなものが花から顕現している。ほわほわした光が花から出ていて、小さな顔がついている。体はないので移動はできないみたいだけれど、口があるのでお喋りすることは可能だ。

『わたしたちが役に立ったのかしら。それなら、嬉しいわ』

「うん！　息吹の花を使って、治してたよ！」

『素敵ね。わたしもいつか、誰かの怪我を治すために使ってほしいわ』

息吹の花の言葉に、ルーナはコクリと頷く。「もちろんだよ！」と力いっぱい告げて、ルーナは大きく手を広げて自身の夢を主張する。

「わたしはいつか、花師になるの！　お母さんとお父さんみたいな、すごい花師に！」

『ルーナならきっとなれるわ』

「ありがとう！」


——花師。

それは、この世界の生活を支えていると言っても過言ではない重要な職業だ。花を育て、新たな品種を作るのが花師の主な仕事だ。しかし、花といっても普通の花ではない。

この世界の花は、いわば魔法。

たとえば突風を吹かせる花だったり、火を熾したり水を出したりする花などがあり、その種類は膨大だ。身近で使われる花といえば、水を綺麗にする花や、明かりを灯す花、解

熱作用のある花などがあるだろうか。生活するうえで欠かせないものばかりだ。

また、花を植えるとその花の特性によって周囲の自然環境が変わることがある。たとえば湧き水が甘く美味しくなる……など。

そんな花を育て、生み出すのが花師なのだ。

とはいえ、花師になりたいと言っても簡単になれるものではない。花師は難しい国家試験があり、それを突破しなければ資格を得ることができないからだ。

花師になるには知識だけではなく、自身の中にあるマナを上手く扱うことができなければならない。それは一朝一夕で身に付くような簡単なものではない。

ルーナの両親はトップクラスの花師だが、そこに登りつめるまでに想像もできないような努力をしたことだろう。


ルーナは手際よく、残りの花たちにも水をあげていく。

「よーし、終わり！」

『ありがとう』

「どういたしまして！」

室内の花たちのお礼の言葉を聞いて、ルーナは満面の笑みを浮かべる。花たちが喜んでくれると、ルーナも嬉しい。

「それじゃあ、お母さんたちを手伝ってくるね」

『あ、ルーナ！』

ルーナが急いで出ようとすると、呼び止められた。先ほど話をしていた息吹の花だ。どうしたのだろうと、ルーナは首を傾げる。

『ルーナがわたしたちと喋れることは、ほかの人に言っては駄目よ？』

「わかってるよ、言わないよ！」

真剣みを帯びた息吹の花の声に、ルーナは「絶対！」と付け加える。その返事を聞いて、息吹の花は『絶対ね』とクスクス笑う。

実は花から出ているほわほわした花の精は、ルーナにしか見ることができない。そのため、息吹の花を始め花たちはルーナのことを案じているのだ。

「それじゃあ、いってきます！」

『いってらっしゃい』


如雨露を抱えたルーナが出ていくのを見送ると、花たちが思い思いのことを口にする。その声はどれも心配そうなものだ。

『ルーナは大丈夫かしら？』

『わたしたち花と交流ができる人間は、ルーナ以外に会ったことがないものね。……悪人に利用されなければいいけれど……』

『ええ、本当に。……でも、きっとわたしたちのことが見えるルーナは、そんなものに負けず世界一の花師になるわ。だって、わたしたち花の要望を聞いて応えられるんだもの』

そうに違いないと、どの花も同意する。息吹の花はもちろん、水花や火花、造血花や灯花も頷いている。そんな花たちの様子から、誰もがルーナのことが好きだというのが伝わってくる。

ただ問題があるとすれば——ルーナが自分の力のすごさに気づいていない、ということだろうか。だから花たちはルーナが心配で仕方ないのだ。うっかりルーナの能力がバレたりしないように、他人がいるところで話しかけたりはしないが、花たちができることといえばそれくらいだ。

『心配していても仕方ないわ。せっかくルーナがマナをたっぷり込めた水をくれたのだから、わたしたちはのんびり過ごして、少しでも成長しましょう』

『ええ』

息吹の花の提案にほかの花たちが頷き、室内にルーナが来る前と同じ静寂が訪れた。

水やりを終えたルーナが一階の一室を覗くと、母——エリーナと父のブラムが怪我人の治療にあたっていた。この部屋は治療室として使っている場所で、ほかにも怪我人が寝ている病室などがある。

エリーナが手に持っているのは、息吹の花、造血花、やすらぎの花だ。どれも治療などに使われる花で、珍しい部類に入る。数があまりなく育てるのが大変で貴重なのだ。ブラムは包帯などを持っている。

治療されていたのは、全身が毛で覆われた犬に近い姿の夜人。背中にあった大きな傷は、花で治療し、ブラムによって包帯で手当てされている。花も万能ではないので、怪我の程度によっては本人自身の治癒力も必要になる。

「お母さん、お父さん、水やり終わったよ」

治療が終わるのを確認してから、ルーナは二人に声をかけた。

「ああ、ルーナ。ありがとう。上手にできたかい？」

「うん！　みんな喜んでたよ。ほかに手伝いはある？」

ルーナはブラムの問いに胸を張って答える。水やりは難しくもあるけれど、花たちが喜んでくれるので好きなお手伝いでもあるのだ。

そんなルーナを見て、エリーナは嬉しそうに微笑む。

「よくできたわね。そうね、それじゃあ……パンをもらってきてもらえる？　お昼ご飯にしましょう」

エリーナの言葉に、ルーナはぱぁっと顔を輝かせる。お手伝いをしていたこともあって、お腹がペコペコだった。

「任せて！」

ルーナは元気よく頷くと、部屋を飛び出した。

「わっ、雨が降ってる！」

さっきまでは晴れていたのにと、ルーナは口を尖らせる。ここ数日は天気がよくなくて、地面もぬかるんでいるところが多い。

パンは小屋から五分ほど歩いた天幕で焼かれている。戦中ということもあり材料が少なく、食料などは集落で管理され支給されているのだ。

しかしルーナが天幕へ着くというところで、ドサリという鈍い、何かが倒れるような音が聞こえてきた。

（……？　なんだろう）

気になったルーナは、警戒しつつも音がした方へ歩いていく。ここは戦地から比較的近いため、逃げてきた怪我人などが行き倒れていることが何度かあった。

「確か、ここら辺から聞こえたような――っ！」

目的の物を見つけたルーナは、ひゅっと息を呑む。視線の先には、体格がルーナの二倍はあるだろうという夜人が倒れていたからだ。顔周りのもさっとした毛はまるで獅子のような風貌だが、頭からは二本の角が生えている。ただ、そのうちの一本は根元から折られてしまっている。おそらく戦いの中で失ってしまったのだろう。周囲にも血が流れて、まるで水たまりのようになっている。

「ぐ、う……っ」

「っ、大変！　すぐに運ばなきゃ！　って、わたしじゃ重たくて無理だ！　お父さん、お父さんを呼んでこなきゃ!!」

ルーナは慌てて踵を返し、ブラムがいる小屋へと走った。

木桶の上で湯の花の茎を切ると、たっぷりの湯が溢れ出てくる。ルーナはそのお湯を使い、倒れていた夜人の傷口を優しく拭っていく。雨が降っていたこともあって、泥が酷い。その横では、ブラムとエリーナが治療のための花を用意し、運ぶのを手伝ってくれた男性たちは何か手伝いができればと待機してくれている。

「お父さん、大丈夫だよね？　助かるよね……？」

ルーナが不安そうにブラムに聞くと、「もちろん」と大きく頷いてくれた。こういうときのブラムは、とても頼もしい。

先ほどルーナが見つけた夜人は、ブラムと数人の男性とで小屋へ運び込まれた。ベッドへ寝かせ、今から花を使い治療を始めるところだ。時折「うっ」と苦しそうな声をあげるので、ルーナは心配で仕方がない。

「落ち着きなさい、ルーナ。治療もそうだけれど、体を清潔に保つことも大切なのよ。でなければ、治る怪我も治らないわ」

「……うん！」

エリーナの言葉を聞いて、ルーナは落ちついて夜人の腕(うで)を拭いていく。傷口に土などの汚れがついたままがよくないというのは、幼いルーナにもわかる。

「お父さんとお母さんが治療してくれるから、もう大丈夫だよ」

ルーナが元気づけるように声をかけると、夜人の目がぴくりと動く。どうやら意識が戻(もど)ったようだ。

「……っ？」

夜人の目が自分を見つめたのに気づき、ルーナはすぐに声をあげる。

「お母さん！」

「目が覚めましたか？　ここは戦場近くの負傷者や逃げた者が集まり自然にできた集落で、治療を行っている場所です。国の管理下にない場所です。もう大丈夫ですから、安心してください」

「まずは造血花を使うよ」

エリーナが話しかけ、ブラムが治療を進めていく。夜人は意識が戻ったといっても完全に覚醒(かくせい)したわけではないようで、朦朧(もうろう)としている。おそらく血が足りないのだろう。

「ルーナは息吹の花を持ってきてちょうだい。この怪我だとあと……そうね、五本お願い」

「わかった！」

二階の自分たちの部屋をバァンと開けると、花たちが『何事?』『ああほら、急患じゃない?』とルーナのことを話しだした。

「そうなの！　息吹の花が五本ないと治療できなくて――あ」

ルーナが慌てて息吹の花を摘もうとしたが、その数はちょうど五本だった。息吹の花は育つまで時間がかかるので、数が少ない。

『わたしたちを摘んでいきなさいな、ルーナ』

ルーナの戸惑いを感じたらしい息吹の花が、優しく、けれど諭すように言った。

『一番ルーナと話をしているのはわたしだもの。戸惑ってしまう気持ちもわかるわ。けれどわたしたち花は、使ってもらえることが嬉しいの。いつも言っているでしょう?』

「……うん」

息吹の花の言葉に、ルーナはコクリと頷く。花はいつも使ってもらうことを望んでいる。それが幸せなのだと言う。以前、なぜかと理由を聞いたこともある。けれど、花はそういうものなのだと優しく告げられるだけだった。

「ありがとう、息吹の花」

『わたしたちをよろしくね』

「うん」

ルーナは息吹の花を五本すべて摘み、陛下の治療室へ戻った。

（よかった、これで助かる！）

しかしルーナがそう思ったのも束の間で、「人間に治療される謂れはない！」という怒声が響いた。どうやら夜人が目を覚ましたようだ。ルーナは慌てて治療室へ入る。

「これ……！」

「ありがとう、ルーナ」

すぐにエリーナが息吹の花を手にすると、「押さえていて！」とブラムと男性たちに指示を出す。そう、エリーナはいつでも治療を優先させ、実力行使なのだ。こういうときのために、意識のない夜人が来た場合は手伝いと称して治療室に男性が待機することが多い。

「な……っ、これしき……ぐぅっ」

夜人はもちろん反抗しようとするが、意識を失うほどの重傷だったのだ。多少回復して意識が戻っただけで、数人の男性が押さえつけるのをどうにかできるわけがない。

（いつもながらパワフル……）

こうなったら、ルーナは危険なので離れて見守ることしかできない。

「息吹の花よ、この者の怪我を治してちょうだい」

エリーナの言葉に反応するように、息吹の花が淡く輝いた。そして花の中心から一滴の雫が零れて、夜人の怪我を治していく。

「わあぁぁ……」

いつ見ても神秘的な光景に、ルーナは胸が熱くなる。いつか自分も両親のように、敵味方と差別することなく人々の怪我を治したり、生活をしやすくしたり、花を使って幸せにしたいと思っている。ルーナにとってエリーナとブラムは、自慢の両親なのだ。

「ぐっ、う……。……なぜ、人間が俺の治療をするんだ」

息吹の花を三本使ったところで、不可解だというように夜人が口を開いた。彼にとって人間は自分たちを攻撃してくる者で、治療する者ではないのだろう。しかし、エリーナの返事はとても単純だ。

「怪我人がいたら助ける。常識でしょう？」

「じょ、じょうしき……」

あっけらかんと言ったエリーナに、夜人は意味が解らないといった表情をしている。それを見たルーナはクスクス笑う。今まで助けてきた夜人も、みんな同じ反応をしていたからだ。

「む……？　子ども？」

「私の娘のルーナよ。この子が行き倒れているあなたを見つけたんだから、感謝してちょうだいね」

「この娘が？」

「天幕の近くで倒れてたんだよ」

ルーナが夜人を見つけたときのことを告げると、思い当たることがあったようで「そういえば天幕を見つけたのだった」と口にした。それが夜人の野営地か確認しようとしたところで、力尽きたのだという。

「……助けられたのは別に本意ではないが、礼は言わねばならぬようだな。ルーナよ、助けてくれたこと感謝する。俺の名前はレーギスだ」

「どういたしまして！　レーギスさん、ゆっくり休んでね」

「ああ」

予想以上に素直に礼の言葉を口にした夜人――レーギスに、ルーナは破顔する。人間は夜人のことを化け物と呼ぶけれど、見た目が違うだけで人間も夜人も同じだとこういうときはいつも以上に思う。

（……戦争なんて、なくなればいいのに）

そうすれば、レーギスのように怪我をして苦しむ人がいなくなる。しかし子どものルーナにはどうしようもない。両親にだって、どうしようもできないのだから。

「さあ、あなたはもう少し寝ていてちょうだい。今、体にいいものを用意してもらうわ。ほかのみんなもお昼にしましょう」

エリーナが手を叩いたことで、この場は解散となった。

ルーナたちが出ていき、レーギスは治療室に一人残された。

「……いくらなんでも、夜人の俺だけを残すのは不用心じゃないのか？」

もしも先ほどの会話がレーギスの演技で、本当は隙を窺っていたのだったらどうするつもりなのか。しっかり治療まで行われてしまった。

「いや、感謝はしているが……」

敵国ではあるが、その甘さで大丈夫なのか？　と心配になってしまう。本当に自分を一人にしたのだろうかと、レーギスは意識を耳に集中させる。自身のマナを使い、体の機能を向上させることができるのだ。すると、聞こえてくるのは「パンをもらってくるね！」というルーナの声と、「雨で転ばないようにね！」「食事の準備をしますよ」というほかの人間の声。部屋の扉の前で自分を見張っているとか、様子を見ているとか、そんな人間は本当に一人もいなかった。

「はあ……」

警戒した自分が愚かではないかと、思ってしまう。しかし警戒しておくに越したことはないだろうと、レーギスはそのまま聴力を上げた状態でベッドに横になった。

……しばらくして、何頭もの馬の足音が聞こえてきた。集落の入り口辺りだろうか。

「なんだ……？」

その後、鎧か何かを着用しているだろう大勢が歩く音が耳へ届く。もしかしたら、自分を拘束するために人間たちが騎士団に連絡したのかもしれない。

しかし、レーギスの予想は外れた。エリーナの「その話はお断りしたはずです！」という声が聞こえたからだ。

「……？」

レーギスには状況がわからないが、自分を治療した人間がほかの人間に責められているらしいということはわかった。続いて聞こえてきたのは、ブラムの声だ。

「私たちは戦争のために花を作るようなことはしません。花は暮らしを支え、豊かにするためのものです。争うための道具ではない！」

「これは国王からの勅命であるぞ！　どういうことだ‼　これ以上逆らうというのなら、花師の資格を剝奪するぞ‼」

「ええ、どうぞ！」

やってきた人間とブラムの会話で、大体のことがわかった。人間の国、コーニング王国の国王が花師であるブラムとエリーナに武器となる花を作れと命じているようだ。

「確かに、人間が扱う花は不思議で神秘的だ」

完治とはいかずとも、ああも簡単に傷を癒してしまうのだ。それはエデルとて同じだ。戦争をしていることを抜きにしても、喉から手が出るほどほしいだろう。

エデルに住む夜人は自身のマナを使い身体強化を行ったり、魔法を使ったりすることができる。けれど治癒の魔法というものは存在しない。それに人間のように花を育てることはできないし、そもそもエデルで花は咲かないのだ。

（あの二人は、かなり優秀な花師なのだろうな……）

しばらく経つと、言い争いの声は小さくなり、国王の使いは出ていったようだ。話が終わったことに、なんとなくレーギスはほっとした。

それから何事もなかったようにエリーナが昼食を持ってきたのを見て、レーギスはこんな人間もいるのだな……と感慨深い気持ちになった。

——しかしまだ、戦争は終わっていない。

［第一章］不幸の始まり

「ルーナ。あんたはここで寝起きしな」

そう言われてルーナが案内されたのは、埃まみれの物置だった。いくつも木箱が置かれていて、使われる様子のない布が重ねられている。薪なのか、細長い木の枝などが束になって隅に置かれているのも見える。掃除なんて、これっぽっちもしていない。

ルーナは視線だけを動かして、部屋の中を見た。

（……部屋の一番奥にある窓まで行くには、物を整理しないと難しそう）

「なんだい、不満だっていうのかい？」

「う、ううん……！」

ギロリと睨まれて、ルーナは慌てて首を振る。

「まったく……。わたしは忙しいんだから、煩わせるようなことはしないでおくれ。戦争のせいで物価だって上がってるんだから」

「……はい」

そう言い捨てると、彼女はバタンと大きな音を立ててドアを閉めて物置を出ていった。

すぐにドスドスと階段を下りる音が聞こえてきたので、ルーナのことをまったく気にも留めていないことがわかる。

出ていった彼女はドーラ。どっしりとしたふくよかな体型で、天然パーマの髪を一つにまとめている。白の上衣と、橙色を基調とした丈の長いスカートとエプロンを着けている。

ルーナの母——エリーナの姉で、つまるところルーナの伯母だ。何度か会ったことはあるけれど、交流が多かったわけではない。たまに会う親戚のおばさん、という感じだろうか。

ドーラの家は、花屋を営む二階建てだ。

一階の表通り側に店があり、奥が台所とちょっとした団欒のスペースになっている。二階には表通り側にドーラたち夫婦の寝室と、その向かい側に娘のマリアの部屋。ルーナに割り当てられた物置はマリアの部屋の横にあり、その広さは比べると三分の一ほどしかない。

「今日からここがわたしの部屋……」

自然と首を動かしながら、一歩部屋の中を進むと、歩いたところに足跡ができた。急いで掃除をしないと、今日の寝る場所に困ってしまいそうだ。普通ならば、怒るなり、困惑するなりするだろう。けれど……ルーナには、雨風を凌げるだけでありがたかった。

気が抜けてしまったからか、ふいに両親のことが頭をよぎる。ルーナはここへ来るまで、両親と三人で旅をしながら生活していた。

最後にいたのは戦地の近くの集落で、両親は敵味方関係なく怪我人の治療を行っていたのだが……治療に使う息吹の花を使い切ってしまい、ほかの治療用の花を仕入れに行く途中で馬車の事故に遭ってしまった。――先月のことだ。

数日雨が続いていたため、道がぬかるみ、乗っていた馬車が横転して、さらに間の悪いことに……崖が崩れて崖下にあった池に落ちてしまったのだ。両親が庇ってくれたのでルーナだけが奇跡的に助かった。

しかしその後が地獄だった。ルーナは近くにあった洞窟に避難していたが、食料などはほとんどなかった。深い池の底に沈んでしまったからだ。飢えがこれほど苦しいものだとルーナはこのとき初めて知った。さらにひとりぼっちであることが、ルーナを精神的にも追いつめた。ついさっきまで一緒にいた両親は、もういないのだから。

数日が経ったとき、死ぬ寸前だったところを通りすがった商人に保護された。けれど、ほとんどの持ち物を奪われてしまった。……保護料だ、と言われて。

ルーナの手元に残っているのは、両親が作り出した新しい種が入ったネックレスと少しの着替えだけだ。

その後ルーナは孤児院に保護されたが、戦地に近い街だったため、食べ物はあまりなく、隙間風なども酷かった。ほかの孤児たちは暴れん坊も多くて、ルーナはしょっちゅう食べ物を取られていた。

　しばらく孤児院で過ごしたのち、血縁であるドーラを見つけてもらい、引き取られて今にいたる。

　たった一ヶ月ほど前は両親たちと暮らしていたのだ。人生とは、本当に何が起こっても不思議ではないのだとルーナは思い知らされた。

（ドーラおばさんに会うことができてよかった。……もう孤児院には戻りたくない。今日から、ここがわたしの新しいお家だもの。お手伝いも、頑張ろう）

　ルーナは小さく深呼吸をして、これからの生活に思いをはせる。

「……っと、片付けないと！」

　ルーナは持っていた鞄――といっても、孤児院でもらったお古で、中身はちょっとした着替えが入っているだけ――を部屋の隅に置いて、掃除道具を探す。

（先に部屋の中のスペースを確保した方がいいかな？）

　箒を見つけても、荷物だらけで上手く掃けないかもしれない。道具も見当たらないので、まずは部屋の中の整理を先にすることにした。もしかしたら、途中で道具が見つかるかもしれない。

　積み上がっている木箱は、ルーナの細い腕では持ち上げることができない。なので、乱雑に置かれたままの状態から、壁に沿って並べることにした。これなら、体を使って押せば動かすことができる。

木箱がいくつもあるので、何度も押しては並べてを繰り返す。難点は、埃が舞うことだろうか。たまに咳き込んでしまう。

時間はかかったけれど、ひとまず部屋にスペースができた。ふうと息をついて、ルーナは部屋の中を見回す。

木箱は机の代わりにできそうなので、そのまま使わせてもらうことにする。部屋の奥にはベッドがあったので、こっちは放置されていた布を敷けば使うことができるだろう。

「あ、箒！」

ベッドと壁の間に箒が落ちているのを発見した。

ルーナは急いで部屋の中を掃いて、ゴミを集めて、庭の隅へと持っていく。簡単なものは後でまとめて燃やすこともあるけれど、街の中に大きなゴミ捨て場もあるので、溜まったら持っていくのだ。庭のすぐ横には共同の井戸があったので、木桶に水を汲むのも忘れない。

（これで雑巾がけもできる！）

部屋には雑巾がたくさんあったので、それを使って壁や窓、床を拭いていく。雑巾を絞った水は真っ黒になったので、部屋と井戸を何往復もしたのがちょっと疲れた。

数時間ほどかかったが、部屋の掃除が終わった。

「それから、これっ！」

掃除をしている最中、ルーナは部屋の中で少しヒビが入って欠けた小さな鉢植えと木箱に入っていた花の種を見つけていた。

大切な花の種がどうしてここに⁉　と思ったルーナだったが、入れられていたのがゴミの詰まった袋だったので、いらないと判断された種だとわかった。花師かそれに縁がなければ花を種から育てるのは不可能だし、長い年月放置してあるようなので発芽は難しいと判断されたのだろう。

（もしかしたら、お母さんの持ち物だったのかも……？）

なんてことを考えて、ちょっとだけ頬が緩んだ。


『花』は『花師』が育てるもの。

けれど別に、花師の国家資格がなくても花を育てることはできる。とはいえ、知識がなければ育てることはできない。なぜルーナにできるのかといえば、両親から花の育て方を教わっているからだ。

では、花師であるかどうかで何が変わるのか？

それは育った花の品質に違いが出る。花師の国家資格を得たときに授与される特別な花師道具を使うことにより、花の咲き方が劇的に変わるのだ。

家の明かりとして使う灯花を例にするとわかりやすい。自生している灯花は、蛍の光ほどの小さな明かりが灯るだけ。ルーナのように花を育てる勉強をした者が育てたものでも、個人差はあるがだいたい蝋燭のようなか細い明かりしか灯らない。しかし花師が育てると、ランプのような明るさが灯る灯花が育つのだ。

　花を育てるには、大地が育む『マナ』というものが必要になる。マナを上手く操り花を育てることが、花師の役割。それができれば、花師見習いになれる。しかし、花師になるにはそれだけじゃ足りない。

『ルーナにはとびっきりの才能があるわ。でも、それを誰かに言っては駄目よ』

　一ヶ月ほど前にも、息吹の花にそう言われたばかりだ。いつも自分に優しかった花を思い出して、懐かしさに目を細める。

（大丈夫、誰にも言ってないから……！）

　ルーナは鉢植えに庭の土を入れて、種を植える。優しく土をかぶせれば、種を植えた土からほわりと光が現れた。可愛い光は、目をぱちくりさせて微笑んだ。

『わあ、ありがとう。気持ちいい』

「どういたしまして」

　種――花と会話できるのが、ルーナの才能。

　ルーナが礼を告げると、花の種はとても驚いた。まさか自分の声を聞ける人間がいるとは思わなかったのだろう。

『よろしくね』

「うん！」

元気に返事をしたルーナは、鉢植えを窓辺に置く。これで部屋の片付けと掃除は終了だ。

「ふー。わたし、頑張った！」

綺麗になった部屋を見回していると、きゅるる……とルーナのお腹が鳴った。そういえば、今日は朝にミルクを飲んだだけだったことを思い出す。

（ご飯はどうすればいいんだろう？）

この部屋に案内されて何時間も経っているから、そろそろ夕飯の時間になっていてもおかしくない。ルーナが鼻をふんふんさせてみると、いい匂いがしていることに気づいて自然と嬉しくなる。

「ちょうどご飯の時間なのかな？」

今日はゆっくりご飯を食べられるかもしれないと、ルーナは思う。

孤児院に入れられていた間はご飯を満足に食べることができなかった。でも、今日からは新しい家族――ドーラたちがいる。ルーナの心も軽やかだ。

あまりにも久しぶりの平穏なので、じわりと目頭が熱くなる。ルーナは目元を擦って、ぱっと笑顔を作った。

「……みんなでご飯、楽しみ！」

ルーナが階段を下りると、楽しそうな話し声が聞こえてきた。ドーラと、ドーラの夫のマッシュ、その娘のマリアだ。

マッシュはひょろりとした細身の体型で、ドーラとは対照的だ。しかしその目つきは鋭く、ルーナは少しだけ苦手だったりする。

マリアはルーナの三つ上の十歳の可愛い女の子で、ストレートの髪を二つに結んでいるお洒落さんだ。

「今日はいい花が手に入ったから、明日は売り上げもいいだろう！」

「あら、よかったわ。ルーナも増えたから大変だもの。稼がなきゃ」

「わたし、友達と遊びに行くときの服がほしいなぁ」

しかし声をかけようとしたルーナは、息を呑んだ。三人がもう夕飯を食べていたからだ。ドーラがルーナのことを口にしていたから、忘れられていた……ということもないはずなのに。

話しかけづらいと思っていたら、ルーナのお腹がきゅるるる～と鳴った。しかも、さっきよりも大きい音で。

（うあ、恥ずかしいっ！）

ルーナがお腹に手を当てて慌てていると、マリアと目が合った。

「ああ、ルーナ！　久しぶりね。こっちへいらっしゃいよ」

「マリアお姉ちゃん……。うん、久しぶり」

ルーナがたどたどしく返事をすると、マリアは満面の笑みを浮かべた。どうやら嫌われてはいないようだとほっとする。

「わたしの部屋はルーナの隣だから、うるさくしないように気をつけてね」

「！　わ、わかった！」

ルーナがコクコク頷くと、マリアは「片付けをお願いね」と言って、さっさと自分の部屋へ行ってしまった。

（え、わたしが片付けるの？）

マリアの行動にルーナが戸惑いつつも頷くと、ドーラが「あんたのご飯は、わたしたちの後だよ！」と言った。

「うちの丸テーブルは三人掛けだからね。食べ終わったらちゃんと片付けて、テーブルの上も拭いといてくれよ」

「あ……、はい。わかりました」

ドーラとマッシュも食べ終わると席を立った。今日はもう体を拭いて寝るみたいで、台所で沸かしたお湯を木桶に入れている。

「あ、おばさんっ！　わたし、お母さんの話とか聞きたくて……」

両親が死んでから、ルーナは誰とも二人の話ができなかった。もちろん、弔いをするような余裕もなかった。せめて、ドーラと一緒に両親の想い出話ができたら――と、ずっとしかしドーラは大きくため息をついた。

「何を言ってるんだい。あんたに話すようなエリーナのことなんて、何もないよ。それよりわたしたちはもう寝るんだから、そんなくだらないことで引き留めるんじゃないよ」

「え……」

そう言い捨てると、ドーラとマッシュはお湯の入った木桶を持ってさっさと自室へ行ってしまった。

（お母さんのこと、話したかったな……。でも、今日は忙しくてそんな気分じゃなかったのかもしれないよね？　明日、お手伝いをしてからもう一度聞いてみよう）

二人を見送ったルーナは、椅子に座って夕食を見た。

黒パンが一つ、お肉が食べつくされた野菜の炒め物に、ほとんど具がないジャガイモのスープ。量はそれほど多いわけじゃないけれど、最近の食生活を思い返せばゆっくり食べられるだけでもありがたい。

「……いただきます」

一人になった部屋で食べたご飯はまだ温かかったけれど、なんだか寂しい味がした。

思っていたのだ。

　ガタッという音がして、ルーナはハッと目が覚める。すぐに体を庇うように抱きしめて、周囲を見て……ルーナは伯母のドーラの家へ来たのだったと思い出してほっとする。

（ここは外じゃないから、危険なんてないのに）

　両親の死後、洞窟で怯えながら生活してから、ルーナはちょっとした物音にも敏感になってしまっていた。

　物音の原因は窓の金具が外れそうになっていて、強い風で音が鳴ってしまっただけみたいだ。窓の外を見ると、ちょうど太陽が昇ったところだった。

　顔を洗ったりする水は、家の裏にある井戸を使う。ここら辺の共同井戸なので、ほかの家の人も使うため、汚したり壊したりしないように気をつけなければいけない。

　季節は秋。朝の風は冷たいけれど、井戸の水はまだ少し温かく感じる。顔を洗って口をゆすいで、ルーナは大きく深呼吸をした。

「今日から、おばさんの花屋のお手伝いだ！」

　ドーラたちは花師ではないけれど、花を売る仕事をしている。花は生活に欠かせないものなので、どの街にもたくさんの花屋があるのだ。

　ルーナの夢は、両親と同じ花師になって多くの人を助けること。そのため、花に関わる仕事ができるのは純粋に嬉しかった。

パンとミルクで朝ご飯を済ませたら、ルーナは店の手伝いだ。

ドーラが店番をして、マッシュが花の仕入れを行っているという。店構えは質素だけれど、花があるので華(はな)やかに見える。夜の間は店内にすべての花をしまい、日中は花を店先に並べて販売(はんばい)する。高価な花は日中も店の中だ。

「ほら、ルーナ！　きびきび動く！　遅(おそ)いんだよ！」

「……っ、はいっ！」

早くしろとドーラに背中を思いきり叩(たた)かれ、ルーナは店内にしまわれていた花を外に並べる。

たっぷりの水が入った木桶に花を移(うつ)し替(か)えるのも仕事の一つ。花はこまめに水を替えてあげなければいけない。その理由は、水分に含(ふく)まれているマナが花の栄養となるため、次第(しだい)に水からマナがなくなってしまうから。なので、こまめに水を替えるというのが花屋にとってとても重要な仕事なのだ。

含まれるマナの量は、水によって異なる。雨水などにはほとんど含まれず、大きな湖や、山の奥の泉など、長く自然と共にあった水ほどマナを多く含んでいる。井戸水にもマナは含まれているが、湧(わ)き水(みず)などに比べると少ない。

花をすべて並べると、ドーラがルーナを見た。

「明日からはもっと早く準備するんだよ。あんた、花の種類は知ってるのかい？　エリーナに教えてもらってたのかい？」

「！　わかりますっ！」

ルーナは頷いて、並んだ花を一つずつ説明していく。店で扱っている花は一般的な生活花で、どれも両親が教えてくれていた。育て方も知っている。

「よく使われるのは、この『灯花』！　暗くなると蕾が光って、辺りを照らしてくれる」

ランプのように光る小さな白い蕾がいくつもついている花で、咲いたときがランプとしての寿命。しかしその花が咲く一瞬はとても美しく儚いため、好む人は多い。散った花びらは数時間の間は温かいので、寒い冬は袋などに入れて携帯したり、布団の中に入れたりして温めることもできる。

蝋燭よりも手ごろで使いやすいため、どの家庭も灯花を使っている。もちろん、ほかにも水花や火花など……生活を支える花は数えきれないほど存在する。

「こっちは『幸せの眠り』！　寝付けないときに使うと、ぐっすり眠れて楽しい夢が見れるの。わたしが熱を出して寝込んでるときに、お母さんが使ってくれたことがあって……辛いはずなのに、ちょっと楽しかったの！」

風邪のときに使うことが多いけれど、大人になると疲れたときに使いたくなる花だとも母は言っていた。大きな一輪の水色の花が咲き、三日ほど効果が続く。

「それから、こっちは――」

「何それ、自慢？」

「え？」

次の花の話をしようとしたら、二階の自室から下りてきたマリアがルーナを睨みつけていた。

「わたしだって花には詳しいんだから。そんなにいちいち説明しなくても、お母さんだってちゃんと知ってるんだから。ルーナの声がうるさくて、勉強に集中できないじゃない！」

「あ、うん……。ごめんなさい」

どうやらルーナの声が気になって、店先に来たようだ。

勉強の邪魔をしてしまったのは申し訳ない。そう思ってルーナが素直に謝ると、マリアは「ふんっ」と鼻を鳴らして部屋へ戻ってしまった。かなり機嫌が悪そうだ。

ルーナは申し訳なさそうな顔をしつつ、ドーラに尋ねる。

「……マリアお姉ちゃんはなんの勉強をしてるんですか？」

ここは大きな街だから、学校があると両親に聞いたことがある。しかしその学校は、王侯貴族や一部のお金持ちが通うところだったはずだ。平民のマリアが通うのは難しいだろう。ルーナがそう考えていると、ドーラが「花師の試験だよ」と教えてくれた。

「えっ、お姉ちゃん、花師になるの⁉」

「次の試験を受けるんだ。だから、勉強の邪魔はしないでおくれよ」

「はいっ！」

自分だけではなく、マリアも花師を目指していたのだとルーナは驚く。そして同時に、一緒に花師を目指せることが嬉しくなる。

（今度、花の話を一緒にできるかなぁ？）

「なんだい、ニヤニヤして気持ち悪いね……」

「あ、えっと、わたしも花師になりたいんです！　だから、一緒なことが嬉しくて」

「あんたが花師に？」

ルーナが夢を伝えると、ドーラは驚いたあと、大きな声で笑った。

「あっはっは！　まったく、何を言ってるんだい、ルーナ。エリーナに憧れてるのかもしれないけど、あんたには無理だよ。花師は国家資格だよ。しかもその合格率は千人に一人と言われているんだ。花師になるなんて、無理無理無理、無理だよ！」

「……っ！」

ドーラの言いように、ルーナはショックを受ける。確かに、難しい試験だと両親から聞いていた。すごくすごく頑張らないと受からないよ、と。

だけどそんな真っ向から否定しなくても……とルーナは思う。花師は給金もいいし、新しい花を生み出したりすることもでき……憧れの職業だ。ルーナを含め、目指す人は年齢問わず多いだろう。

そしてもう一つショックな事実を知ってしまった。

（でも！　千人に一人しか受からないっていうのは聞いてないよ、お母さん！）

思わず心の中で叫んでしまったけれど、花師になるというルーナの目標が変わったわけではない。さらに頑張るだけだ。

今の話を聞いても目を輝かせたままのルーナをドーラは睨みつける。

「花師だなんて言ってないで、あんたは店の手伝いだよ。マリアを勉強に専念させるために、あんたを引き取ったんだからね」

でなければあんたを引き取ったりはしないと、ドーラに言われてしまった。そのことにルーナは傷つくも、引き取ってもらったのだから手伝うのは当然だと自分に言い聞かせる。

(別に応援してもらわなくていい。だって、住む場所を用意してくれたんだから。それだけでわたしには十分だもの……)

ドーラの花屋は、思いのほか繁盛していた。

花の質がいいわけではないけれど、その分、かなり安価で販売している。なので、普段使いの花——灯花などがよく売れるのだ。ルーナの両親はいつも品質のいい花を育てていたので、なるほどこういう商売の仕方もあるのかとルーナは感心した。

(花屋の仕入れは確か……花師から仕入れるものと、採取師から仕入れるものの二通りがあるんだよね?)

花師が育てた花を仕入れる場合は、一定の品質が約束されているし、花師の人気によって値段が左右されることもある。

採取師というのは、森などに自生している花を摘んでくる人のことをいう。その際、少し手を加えて育てたりしている。この場合、花の品質は一定ではない。花が咲いている場所はマナが多いが山奥で、過酷な環境や野生動物がいるため危険な場所が多い。強い体と、専門的な知識がなければできない仕事だと以前ブラムが言っていた。

もしくは、花師や採取師が自分の花屋を持っていることもある。

（……確か、おじさんが「採取師のところに行ってくる」って言ってたよね？）

つまりドーラの花屋は、採取師から花を仕入れているということだ。

ルーナは両親が育てた花ばかり見ていたから、自生している花を見る機会はあまりなかった。なので、採取師の花というだけでちょっとワクワクしてしまう。

「ルーナ、値段は覚えたね？　わたしはお昼を食べてくるから、店を見ていてくれ」

「わかりました！　あ、先に取り替える水だけ汲んできますね」

「早くしておくれよ」

「はいっ！」

ルーナが急いで井戸から水を汲んで戻ってくると、ドーラは「任せたよ！」と言ってさっさと家の中へ戻っていってしまった。

「よし、頑張――」

『はあぁ、お日様の光が足りないわぁ……』

「！」

ルーナが気合いを入れようとしたら、お店の中から花の声が聞こえてきた。見てみると、解熱効果があるやすらぎの花の声だった。

「そっか、この花は高価だからずっとお店の中にあるんだ……」

水がマナを含んでいるから、水さえこまめに取り替えていれば、花はそうそう枯れることはない。だけどこのやすらぎの花は、心なしかしおれて見えた。というか、花から出ているほわっとした光がしょんぼりしてしまっている。

（……お日様の光に当たりたいよね）

ルーナだって、ずっと暗い部屋の中に閉じこもっていたら参ってしまうと思う。花も同じ気持ちだろう。

「今、お日様のところに出してあげるね」

ルーナはそう声をかけて、やすらぎの花が入った桶を手に持って外へ出た。すると、しおれ気味だった花がわずかに空を見上げた。

『わ……』

すごく嬉しそうだというのがわかって、ルーナも自然に笑顔になった。しばらく外に置いておけば、もっと元気になるはずだ。

「お水も替えてあげるからね」

井戸から汲んできたばかりの水を桶に入れると、『気持ちい～』という声が聞こえてくる。

（よかった、喜んでくれてる）

　そこでルーナはハッと気づく。

（……わたし、水を替えるとき、無意識に自分のマナを使ってた‼　だだだ、大丈夫かな？）

　昔からの癖（くせ）というか、なんというか……。両親の花を世話するときは、ルーナ自身のマナを水に含ませてから水やりをしていた。それは花師として当然の技術なので、ルーナも教えてもらっていた。だけど、ここはドーラの花屋だ。必要以上にマナを含んだ水をあげたりしたら、花が育って品質もよくなってしまう。

　その証拠（しょうこ）に、お店の花を見ると朝よりキラキラしていた。ルーナがマナを含ませた水をあげたからだ。間違（まちが）いなく花の効能も上がっている。勝手なことをしてしまったので、ルーナがどうするか悩（なや）んでいると……背後から「それ、やすらぎの花⁉」という声がした。

「ん？」

　ルーナが声のした方を見ると、五歳くらいの男の子が立っていた。つぎはぎだらけの服を着ていて、汚れも目立つ。

（お客さん……なのかな？）

　ルーナは頷いて、「そうだよ」と肯定（こうてい）する。やすらぎの花が必要ということは、男の子の家族に病人がいるのかもしれない。

「ほしい！」

「えっと……やすらぎの花は、一本、二千メルスで販売してるんだけど……」

「……っ、お金、足りない……」

男の子は手に握った硬貨を見て、表情を歪める。その顔を見てルーナも心苦しくなるが、売り物を勝手にあげるわけにいかないことはわかる。

（どうしよう……）

ルーナが戸惑っていると、「それ、やすらぎの花か！」と違う声が聞こえてきた。声のした方に視線を向けると、青年が立っていた。癖のある赤い髪と、好奇心旺盛な吊り目の瞳。動きやすそうな服装で、ズボンにくくられたベルトには剪定鋏をつけている。

「綺麗に咲いてるな、これ」

ルーナは男の子に言ったのと同じように、「一本、二千メルスです」と告げる。

ドーラの花屋の値段は、相場より安い。それは、品質が通常のものよりちょっとだけ劣るからなのだけれど……ルーナが水にマナを込めてしまったので、相場で売っている花より、色艶や効能がよくなってしまっている。つまり、今の値段設定だと相場よりかなり安いのだ。

ただ相場より安いと言っても、男の子のように貧しい場合は気軽に買える値段ではない。

「二千メルス⁉　安すぎ……ると思うんだけど、大丈夫か？　この状態なら、普通は三千メルスはするだろう？」

「あ、あはは……」

（うぅ、たった今、大丈夫じゃなくなりました……）

しかしルーナがマナを扱えることを知らない人に話すわけにもいかないので、「大丈夫です」と笑顔で告げることしかできない。もし知られてしまったら、平民で幼いルーナでは悪人に攫われてしまうかもしれない。マナを扱える人は少なく貴重で、質のよい花を育てさせることもできるからだ。

「お買い得だし、全部もらうよ。保管しておけば長持ちするしな」

「……っ！」

そう言った青年の言葉に、ルーナは言葉に詰まる。男の子も、ショックを受けた顔をしている。

「うん？」

（全部買われたら、在庫がなくなっちゃう……。そうしたら、お金を用意できたとしても、男の子に売ることができなくなっちゃう）

お金がないけれどやすらぎの花が必要な男の子と、お金はあるがそこまでやすらぎの花を必要としていない青年。

（えぇえ、どうしよう……。いや、商売って考えたら、答えは決まってるけど……）

治癒系の花は、もしも病人が来たときに在庫がないとは言いづらい。今回は特にこの男の子がいる。目先の利益ももちろん必要ではあるが、その花を必要としている人に、ちゃんと届いてほしいとルーナは思っているのだ。

「えっと、在庫が全部なくなるのは……あんまり」

「あー……。なら、五本はどうだ？」

青年はすぐ近くにいる男の子に気づいたようで、自分が全部買ってしまうと男の子が買えなくなることに思いあたったらしい。

店にあるやすらぎの花は全部で八本だ。きっとドーラは全部売れたほうが喜ぶだろうが、ルーナとしてはこのほうが嬉しかった。青年の配慮にも好感が持てる。男の子だって、お金ができれば買うことができる。

「……！　はい！　ありがとうございます！」

ルーナが花を用意しようとすると、「何やってるんだい⁉」というドーラの声が響いた。

「ちょっと！　その花は店の中にしまっていたやつだろう。なんで勝手に店先に出してるんだい！」

「ご、ごめんなさい！　お日様に当てたほうがいいと思って……」

「勝手なことをするんじゃないよ。まったく――って、なんだい、あんた」

ドーラが青年に気づいて驚いている。きちんとした……と言ったら言い方が悪いかもしれないけれど、上等な服を着ていて、あまりこの辺に買い物に来る客層ではないからだろう。ドーラは訝しむような目で青年を見た。

「いえ、ええと、やすらぎの花を買おうと思って」

「なんだい、お客さんかい！　一本二千メルスだよ。この花はしばらく出ていないから、嬉しいよ」

　やっと売れた！　と、ドーラは嬉しそうにしている。

「とはいえ、花屋で在庫がないのも困るだろう？　だから――」

「あはは、そんなの気にするような花屋じゃないよ！　ここら辺は、熱が出てもわざわざやすらぎを使ったりしないからね。全部買うなら――一万六千メルスだよ！　どうする？」

　ドーラはあっさりやすらぎの花の合計金額を告げた。どうせ売れないからありがたいと、ニコニコ顔だ。青年は困惑しながらこちらを見てきたが、ルーナは苦笑することしかできなかった。

（ここら辺だと、やすらぎの花は売れないんだ……）

　確かに治癒系の花は高いので、自然治癒で治る場合は使わないことも多いだろう。現に、買いに来た男の子もお金が足りていない。王侯貴族であれば違うかもしれないが……。それに、ここはルーナがいた集落と違って花屋がたくさんある。残りの花の本数を心配する必要もないと自分に言い聞かせた。

　ルーナは仕方なくやすらぎの花をすべて包み、青年に手渡した。すると、青年が「坊主！」と男の子に声をかけた。

「え？」

「ほら、帰るぞ。――それじゃあ」

青年が手を上げたのを見て、ルーナは驚きつつも「ありがとうございました」と口にする。ドーラも「毎度どうも」と満足そうだ。

どうやら青年は、男の子に花を分けてあげるつもりのようだ。花の値段は一本二千メルスだけれど、実際の価値は三千メルス……。その差額だけでも十分得しているので、気遣ってくれたのだろう。

ルーナはどうやってあの男の子を助けてあげればいいかと思っていたが、その方法がまったく思い浮かんでいなかったので自分が救われたような気持ちになる。

（うぅぅ、ありがとうございます……！）

ルーナは心の中で必死に青年にお礼を述べる。同時に、自分もいつか青年のように手を差し伸べられる人間になりたいと強く思った。

青年が帰ると、ドーラはルーナを睨んだ。

「あんたね、店の花を勝手に外に出すんじゃないよ！　中に置いてある花は高いんだから、外に置いて盗まれたらどうするんだい」

「……ごめんなさい」

ルーナは謝罪の言葉を口にしつつも、花に対する価値観が自分とは異なるドーラにはどうしても共感できなかった。

両親の話をしたり、上手にお手伝いができたら褒めてくれたり……そんなことを期待してしまっていた。しかしそれは、ルーナの幻想だったようだ。

その日の夜は、高価なやすらぎの花を勝手に店から出した罰として夕食は抜きだった。

きゅるると鳴るお腹を押さえながら、ルーナはベッドで眠りにつく。

（……お金を貯めて、十五歳の成人で独立しよう。……はやく花師になりたい）

そして両親のように、花でたくさんの人を助けたいとルーナは思った。

第二章 ルーナの選択

月日は流れ、ルーナは十四歳になった。

変わらずドーラの花屋で働いている。ルーナが店に立つようになってから花の状態がよく、売れ行きは右肩上がり。引っ越しとまではいかないけれど、お店と家の修繕が行われた。

(……わたしの部屋は、何も変わってないけど)

とはいえ、修繕は最低限で、ほんの少し便利になった程度だ。理由は、お店の売り上げが右肩上がりでも、物価も上がっているからだ。最近は特に酷くて、いろいろな物が値上がりしっぱなしだとドーラが愚痴っていた。

「お金を貯めてはいるけど、独り立ちするには心許ないな……。どうにか物価が下がってくれたらいいんだけど……」

おそらく難しいだろう。理由は簡単だ。以前から行われていた戦争が、ここ数年で激しくなったからだ。ルーナのもとにはあまり情報が届かないけれど、エデルは勢力を伸ばしていて、コーニングは国王も出陣しているらしいという噂は耳にした。

鍋の修理を頼みにいった鍛冶屋では、剣や盾などの注文がひっきりなしに来ていて忙しいのだと言っていた。

そんななか、今日もルーナは店先に立つ。

少し手が空いたのでルーナが裏手にある井戸へ行くと、「ルーナ！　サボりかい⁉」とドーラに睨まれてしまった。ルーナは慌てて首を振る。

「水を飲もうと思って」

「まったく。仕事はちゃんとやってるんだろうね？　あんたを雇ってあげるのなんて、うちくらいのものなんだからね。しっかり働くんだよ」

「はい」

ルーナが返事をすると、ドーラは「わかればいいんだ」と井戸を後にした。

また誰か来て何か言われるといけないので、ルーナは急いで水を汲む。桶を繋いでいる縄は硬くて、毎日のように引っ張るルーナの手はまめだらけになってしまった。

ルーナは桶に汲んだ水を手ですくい、一気に飲み干す。お腹が膨れるわけではないけれど、ないよりは全然マシだ。

ドーラは衣食住をルーナに与えてくれるけれど、それは最低限のものだった。ドーラ、マッシュ、マリア。三人の食事が終わり、残ったものがルーナのご飯になる。そのため、全然食べられない日もあって……結構ひもじい。

一応、周囲への見栄もあるのだろう。少ないながらお給料をもらっているので、それで食べ物を買うこともできるけれど……独り立ちの資金のために貯金している。購入するのは、花師の勉強に必要なものだけだ。

（――そう、わたしは独り立ちがしたい！）

来年の成人までに、と貯金も頑張っているがこの調子だとまだまだ独り立ちは難しい。ルーナだって年頃の女の子だ。お腹いっぱいご飯を食べて、たまにお菓子を買って、新しい服を着てみたいと思う。

でも、それよりもずっとずっと――花師になりたいのだ。

「そういえば、今日は花師の試験の日だ……」

年に一度、王宮で行われている国家試験。今日はマリアが受けに行っているので、ドーラたちはいつもよりピリピリしていた。何もしなくても怒鳴られるし、ぐずぐずしていると手を上げられる。

マリアが花師になればドーラの花屋は箔がつくし、もっといい場所にお店を移すことだってできるだろう。花師ならば土地も優先的に回してもらえるはずだ。

「わたしも受けたかったな、花師の試験」

試験に年齢制限はないので、何度か受けようとしたのだけれど……マリアが受けることもあり、ルーナは店番を余儀なくされたのだ。試験を受けたいとドーラに懇願したが、許されなかった。

（……とはいえ、勉強不足のわたしが受かるほど簡単な試験でもないよね）

現に、ずっと花師の試験勉強をしているマリアが十歳から受けて計七回も落ちている。どんな勉強をしているのかは聞いても教えてくれないけれど、ルーナより遥かに勉強時間があるマリアが落ちるほどの試験なのだ。

「さすがは花師、千人に一人しか合格しないだけある……」

思わず身震いしてしまうほどだ。

（……睡眠時間を削って、もう少し勉強した方がいいかな？）

しかし花の世話は体力も必要になってくるので、無理をして体調を崩すのは本末転倒だ。体調管理は花師にとってとても大切だと、両親が言っていた。

ルーナの勉強方法は、両親から教えてもらった花の知識を思い出してまとめた紙の束と、花師に必要な知識が載っている本を読むことだ。これはなけなしのお金で購入したルーナの宝物だ。ほかにも、ほかの花屋で花を見たり、街の外へ出かけて自然の中で花を見たりしている。

「来年は成人だし、おばさんに相談して独立しよう。ずっとお世話になるわけにはいかないからね」

と口にするルーナだが、本音はこんな家はとっとと出ていきたい！　だ。未成年のうちは我慢するしかないが、ドーラたちとルーナは花の扱い方や考え方も違うし――つまりは根本的に合わないのだ。それにいくらお世話になっているとはいえ、不当な扱いを受けている自覚もある。長年ドーラたちのいじめに耐えたルーナは、なかなか太々しく成長したのでは？　と自分でも思っている。

ルーナがいつ出ていこうかと考えながら店番をしていると、バタバタという忙しない足音と、荒い息遣いが耳に届いた。音のした方を見ると、花師の試験を受けにいっていたマリアが走って帰ってきたところだった。

「おかえりなさい、お姉ちゃん」

「お母さん、お父さん！」

ルーナが笑顔で迎えるも、マリアは目もくれずに家へと入っていった。……まあ、マリアが挨拶を返さないのなんて今に始まったことではない。

（でも、さすがにあの態度は酷くない？　わたしだって、花師の試験頑張ってねって伝えたのに……）

嬉しそうな顔のマリアは息が整うよりも早く、「わたし、花師見習いになったの！」と声をあげた。

花師見習いというのは、花師の試験に合格はできなかったけれど、見込みがあるので見習いとして働くことを許可する、というものだ。花師の国家資格はもちろんだが、見習いになるだけでもかなり大変だという。

（花師見習いになれたんだ。すごい！）

ルーナも急いで家の中を覗くと、ドーラとマッシュがものすごく喜んでいた。

「見習いなんて、花師になったようなものじゃないか！」

「うちから花師が出るのも、あと少しか。さすがは俺の娘だ！」

「もう、二人とも気が早いわよ！　まだ見習いになったっていうだけなんだから。これからが大変なんだからね！」

マリアは二人を落ち着かせようとしているみたいだけど、その表情は緩みっぱなしだ。試験で見習いになった者は王宮花師の見習いになるので、勤務先は王宮になる。それは大変名誉なことだ。

「ルーナ！　今日はマリアのお祝いだからね、台所を手伝いな！」

「はい。お姉ちゃん、花師見習いおめでとう」

「ふんっ、当然よ！」

ひとまずお祝いの言葉だけは伝えて、ルーナはお祝いの料理作りの手伝いをすることになった。


「ふうう、久しぶりにお腹いっぱい！」

ルーナは自室に戻ると、ベッドに寝転んだ。

いつもは残りご飯でお腹が空いているけれど、今日はお祝いだからということでルーナも一緒に食事をすることができた。ドーラもマッシュもマリアも、とても機嫌がよくて終始ニコニコしていた。ルーナは特に話をするわけではなく、もっぱらマリアの試験の話を聞いているだけだったが……。

「でも、いいなぁ……花師見習いの仕事」

ルーナもいつか、いつかは……と思っていたけれど、身近に花師に近い人がいると思うと羨ましく思ってしまう。

(来年は独立して、試験を受けよう)

もっと頑張ろう。そう思いながら、ルーナは眠りについた。

──数ヶ月後、事態が急変した。

「た、大変だ！　国王様が戦争で討たれたぞ‼」

一人の男が、叫びながら街を駆け回った。兵士として戦争に行き、帰ってきた街の人だ。

今、前線は壊滅的な状態なのだと悲痛な声をあげた。

ちょうど店先にいたルーナとドーラ、マッシュは驚きに目を見開くしかない。

「人間が化け物に負けただと⁉　そんなことがあるか！」

「なんだって⁉」

マッシュは「どうしろって言うんだ！」と声を荒らげて地面を強く踏んだ。ドーラは驚きのあまり、持っていた木桶を落としてしまった。

「とりあえず、マリアが早く帰ってきてくれるといいんだけど……。王宮に勤めてるんだから、何かしら情報はあるはずだよ」

「そうだな……。俺たちみたいな平民には、ほかの街へ行くにしたって伝手がないからそう簡単にできやしねえ。ルーナ、今日は店じまいだ！　花をしまっておけ！」

「は、はいっ！」

ドーラとマッシュは情報を集めるために出かけていった。ルーナは留守番をしながら、夕食の支度をするように言われる。

（……大丈夫かな）

ドッドッドッと心臓が嫌な音を立て、今後の生活への不安が一気に大きくなる。マリアが何か情報を持ってきてくれたらいいのだけれど……そう思いながら、ルーナは家の中へ入った。

「すべての花を弔いのために捧げよって、通達があったわ！」

夜、いつもより遅い時間にマリアが帰ってきた。その顔は疲れ切っていて、王宮でもいろいろ大変だったのだろうということが一目でわかった。

なって、商売ができなくなってしまう。

（さすがに無茶な要望すぎる！）

ルーナの顔も青くなる。

「……王様が戦死したのだから、そのくらいの弔いは必要なのだそうよ。確かに嫌かもしれないけど、でも、花を残らず献上しないと、見習いのわたしはなんて言われるか……」

「それは……でも、だからって……。マリアが見習いになるための支度金だって、かなりかかったんだ。それに、王様がわたしたちに何をしてくれたって言うんだい？　最近は物価だって上がってばっかりで、そもそも物自体が減るばかりじゃないかい。ここは王様のおひざ元だっていうのに、生きづらい街だよ……」

「お母さん………」

花師見習いが命令に背いて花を献上しなければ、見習いでいられなくなるばかりか、永久に花師の資格を得ることができなくなってしまうかもしれない。そう考えると、生活が苦しいからといって、拒否することもできない。

そもそも、王族からの要求を突っぱねるなんて普通はできないだろう。命令に逆らえば、花師の資格うんぬんよりも、首が飛んでしまうかもしれない。それほど、ルーナたち平民と王侯貴族の間には高い壁がある。

結論が出ずに沈黙が続くと、マッシュが口を開いた。

「王命なら、俺たちに逆らうことはできない。なら、きっちり恩を売るだけだ！　うちの花を王様に手向けられるなんて、名誉なことじゃねえか！」

「あんた……」

「お父さん……」

マッシュは腹をくくったようで、「明日、店の花をすべて王宮へ持っていく」と告げた。


翌朝。ルーナは、いつもより早く起きた。ドーラ、マッシュ、マリア、ルーナの全員で店の花を荷台に載せて、王宮へ持っていくのだ。

マリアは安堵したような表情を浮かべているけれど、ドーラは不安そうな顔をしている。マッシュは無表情で、何を思っているのかわからない。

「こっちよ！　ほかにも、花を持ってきてる人がたくさんいる。急がなきゃ！」

王宮に到着すると、マリアがすぐに案内をしてくれた。

言葉の通り、ルーナたちと同じように花屋が弔いのための花を持って集まっている。この街中の花が集められると考えたら、圧巻だ。きっと、国王も安らかに天へ向かうことができるだろう。

初めて足を踏み入れる王宮は、道がキラキラした鉱石で敷き詰められていて、自分なんかが歩いていいのだろうかとルーナは思ってしまった。住む世界が違うとは、まさにこのことだ。

しかし不謹慎だけれど、すごいすごいと、ワクワクしてしまう自分がいるのも確かで。

(……お姉ちゃんは、ここで仕事をしてるんだ)

花師の中でも優秀な者しか王宮花師にはなることができない。王宮花師を目標にしている花師もいると、ルーナは母から聞いたことがある。

ルーナがそわそわしていると、「あんたは先に戻ってな!」とドーラに声をかけられた。どうやら、花を届けたあと、マリアの職場の人に挨拶をしてから帰るみたいだ。

「店の掃除をしておきな」

「わかりました」

ドーラはルーナに帰るよう促すためか、しっしっと手を払ってマッシュの方を向いてしまった。もうルーナのことは眼中にないみたいだ。

仕方なく踵を返そうとして、そういえば夕食の準備はいいのだろうか? と確認のため振り返ろうとしたら、ルーナの耳にドーラたちの会話が聞こえてきた。

「さすがにこれじゃあ、もうルーナを家に置いておくのは無理だね。わたしたちも食べ物に困っちまいそうだってのに」

「そうだな。……とはいっても、お前の妹の娘だろう？」

「別に、わたしはエリーナと仲がよかったわけでもないからね。ルーナだってもう十五になるんだよ。成人するんだから、独り立ちするのにちょうどいいさ。ちょっと早いくらい、構やしないだろうさ」

「ふむ……」

　会話を聞いて、胸がぎゅっと締めつけられた。確かに今の状況なら、ルーナがいることによる金銭的な負担は大きくなる。花がないため商売もできないから、しばらく余裕はなくなると考えていい。

（わたしが迷惑に思われていることはわかっていたけど、実際に聞くのは辛いね……）

　ルーナは急いで離れて、大きく深呼吸をして気持ちを落ち着かせる。

　大丈夫。もともとお金を貯めたら独り立ちして、花師の試験を受けるつもりだったのだから。それがちょっと早くなるだけだ。そう自分に言い聞かせる。結果だけ見れば、ルーナにとっては嬉しいことなのだから。

　気を紛らわすように、ルーナは思わずキョロキョロ周囲を見る。こういうときは楽しいことを考えるのが一番いい。

（……あ！　ちょっとだけなら、王宮花師の花壇を見られたりしないかな？）

　ドーラたちと一緒だと好き勝手に動くことはできないけれど、一人になったのだから少しくらい王宮の中を見てもいいのでは……と考える。どうせ、帰っても売り物の花は一本もないのだ。

「よし、ちょっとだけ見学してから帰ろう！」

ルーナはそう決めると、庭園がありそうな方向へ足を向けた。


「……待って。王宮、わたしが想像していた何倍も広い……！」

いや、外から見て大きいのは知っていた。けれど理解はしていなかったみたいだ。そう、ルーナは――迷ってしまった。

通った道は覚えていたつもりだったのに、ちょっと戻ろうと思ったらどっちから来たのかわからなくなってしまったのだ。不思議だ。

「かといって、誰かに聞くのも……」

周囲に人がいないわけではないのだが、すれ違う人がもれなく全員、忙しなく働いているのだ。声をかけづらい。

（……花がたくさん集まってるし、国王の死に敗戦に……そうだよね、忙しいに決まってるのに）

王宮と無縁に生きてきたルーナは、今ここでやっと、国王が討たれ、本当に戦争が終わったのだということを実感した。

少し怖くなって、ルーナは自分の体を抱きしめる。急に場違いだということを自覚し、早くこの場所から立ち去りたいような衝動にかられる。

「早く帰ろう――」

　――と、思っていたのに。

「おおおお、お、お、王宮の花壇……!!」

　ルーナの目の前に、それはそれは美しい花が咲いている。等間隔で植えられている灯花が辺りを照らし、そこを境にするように、区画がきちんと整理されている。

「あっちは夢花に、やすらぎの花……。向こうには火花に水花もある！　さすがは王宮、花の質がいいだけじゃなくて種類も豊富……！」

　さっきまでの不安はなんだったのかというほど、ルーナのテンションが上がっていく。なんとも現金だ。

　こんな風にたくさんの花を育ててみたい！　そんな気持ちが胸いっぱいに広がってくる。自分も王宮で働けたら――なんて。

「誰ですか？」

「――っ！」

　ふいに背後から聞こえた厳しい声に、ルーナの体がびくりと跳ねる。王宮の中を歩くくらいならばお咎めもなかったが、さすがに花壇に来るのはまずかったのかもしれない。

（……謝らなきゃ！）

　ルーナはゆっくり、できるだけ上品に見えるように振り向いた。そこにいたのは、グレーの髪を一つに結んだ、黄緑色の瞳の初老の男性だった。雰囲気から上品さがにじみ出ていて、ルーナとはまったく身分が違う人だとわかる。

「ご、ごめんなさい！　その、道に迷ってしまってここに……。でも、花を見たかったのも本当で……」

謝罪の言葉を口にはできたものの、嘘をつくのも嫌で、まとまりのない意味不明な主張になってしまった。そして、ルーナの説明が悪かったからか、不審そうに男性は目を細めてルーナをじっと見てきた。

（怒られる……だけならいいけど、勝手に入った罪で処罰とかされちゃったらどうしよう）

そんなことになったらマリアに迷惑がかかるし、ドーラは顔を真っ赤にしてルーナのことを叩いてくるに決まっている。考えただけでも嫌な汗が出る。

男性はルーナの方に近づいてきて、「迷子ですか」と呟いた。そしてルーナの周りをくるっと歩いて、なぜか全身を見られた。

「……？」

「ああ、すみませんね。怖がらせるつもりはなかったんです。あなたが、その……知り合いに似ていたものですから」

「知り合いに？」

思いがけない言葉に、ルーナはぱちくりと目を瞬かせる。ルーナに似ている知り合い？　誰だろうと考えてみる。

（マリアお姉ちゃんとは従妹同士だけど、別に容姿は似てないんだよね）

王宮にいる人であれば、ルーナの親族で関わりのある人はマリアくらいだ。

ルーナが考え込んでしまったからか、男性は「ああ、すみませんね」と苦笑した。

「ブラムという私の恩人なんですが、久しく会っていなくてね……。君と髪の色が同じなんですよ。……まるで月の光に照らされたような、亜麻色の髪が」

「──！　ブラムって、わたしのお父さんです」

ブラム──それはルーナの父親だ。数年ぶりに聞く父の名前に、胸の奥から懐かしさが込み上げてくる。

（……もう、誰もお父さんのことを覚えてないんじゃないかって思ってた）

ルーナがブラムは父であることを告げたので、男性は目を見開いて驚いている。そしてまじまじとルーナのことを見た。

「娘……ということは、ルーナちゃんでしょうか？」

「──！　はい。わたし、ルーナです。お父さんはブラムで、お母さんはエリーナっていう名前で……」

「そうでしたか……！　まさかこんなところでルーナちゃんに会えるとは思いませんでしたよ。君は覚えていないでしょうが、小さいときに会ったことがあるんですよ」

男性は懐かしそうに目を細めて、「会えて嬉しいです」と微笑んでくれた。

「そうだったんですか？　ごめんなさい、全然覚えてなくて……」

「小さいときでしたからねぇ……。しかし、こんなところで立ち話もあれですね。ルーナちゃん、時間はありますか？　よければ、お茶をしながら話でも」

「ぜひ！」


案内してもらった男性の部屋は、花壇のすぐ近くにある一室だった。室内は花の手入れに使う道具や種がきちんと管理されていて、一目で花師の部屋であることがわかる。

（この人、王宮花師だったんだ！）

「ああ、そういえば名乗っていませんでしたね。私はハルム。六十一だから二人よりかなり年上ですが、昔はよく一緒に花の研究をしていたんですよ」

「三人で花の研究を？　とっても楽しそうです！」

「ええ。とても楽しかったですよ。時が経つのを忘れてしまうほどに……」

ルーナの言葉に、ハルムが苦笑する。「気づいたら朝なんてことも、日常茶飯事でしたね」と言いながら、お茶の用意をしてくれる。

ティーポットに茶葉と一緒に花瓶に活けてあった湯の花を入れる。すると、ティーポットの中はみるみるうちにお湯で満たされた。

（わあ、贅沢なお茶の淹れ方……！）

もし家でこんなことをしたら、ドーラに「なんてもったいないことをしてるんだい！」と怒鳴られるに違いない。貧乏な平民にとって、湯の花は贅沢品だ。

でも、花をこんな風にいつでも自由に使えたらいいなとルーナは思う。日常生活にこそ、こういった花があってもいいと思うのだ。……まあ、お金がかかりすぎてしまうので難しいのだけれど。

ハルムがティーカップにお茶を注ぐと、ふわりと甘い香りが鼻に届いた。まるで花のにおいをかいでいるようなこの香りに、ルーナは覚えがあった。

（……まだお父さんたちが生きていたころ、よく飲んだお茶だ）

懐かしい記憶に、じんと心が温まる。

幼かったルーナはよく飲んでいた茶葉の種類までは覚えていなくて……。もう一生、口にすることはできないかもしれないと、そう思っていたから。

「いい香りでしょう？　私の好きな茶葉でね。以前、ブラムに教えてもらったんですよ」

「そうだったんですか。わたしもこのお茶が大好きなので、嬉しいです」

「美味しいですからねぇ」

ハルムは席に着くとお茶を飲んで、ルーナを見た。

「ルーナちゃんは――。昔のように呼んでしまいましたが、もう年頃なのですから、ルーナちゃんと呼んでは失礼ですね。ルーナ嬢とお呼びしましょうか」

「い、いえっ！　ルーナと、普通に呼んでもらえると嬉しいです！」

「そうですか？」

ルーナ嬢なんて呼ばれては、いったいどこの貴族のお嬢様だと思われてしまう。ぶんぶん頭を振って、「呼び捨ててください！」と頼んだ。

「では、ルーナとお呼びしますね。今はこの街を拠点にしているんですか？　そうなら、二人に会いたいのですが……」

「あ……」

ここで初めて、ルーナはハルムが両親の死を知らないことに気づく。あの当時ルーナは幼かったし、旅をしながら各地の花の研究をしていたこともあって、両親の交友関係はわからなかった。それに、ルーナ自身が過酷な環境にあり余裕がなかったことも探せなかった原因の一つだ。そのため、ルーナからは誰にも訃報を知らせていない。

ルーナの顔が曇ったのを見て、ハルムは察してくれたようだ。

「……いつ」

「わたしが七歳のとき、馬車の事故で……。わたしは二人が庇ってくれたので、一命をとりとめることができたんです」

「そうでしたか……。惜しい方々を亡くしたものです。ですが、ルーナが無事でよかった」

ハルムはお悔やみの言葉を述べてから、優しい笑顔を見せてくれた。そして、ルーナが生まれる前の両親の話をしてくれた。

「……ブラムは穏やかな外見をしているくせに、一度決めたら頑固だったんですよ。旅に出るというのもいきなりで、私が止める間もなく出ていってしまいましたから」

「お父さんってば……。でも、それじゃあお母さんはどうしたんですか？」

「当時の二人は恋人同士だったのですが、ブラムは旅に出るから別れると告げたのです。私からすれば、信じられない言葉ですよ」

「えええぇぇ⁉」

（お父さんがお母さんに別れを切り出していた⁉　あんなにラブラブだったのに⁉）

二人のことを思い出していたルーナは、ハルムの言葉が信じられなかった。切っても離れなそうな二人だったからだ。

ルーナが驚いていると、「そうでしょう」とハルムが笑う。

「そこで引き下がるエリーナではありませんでした。エリーナはハルムの旅に同行したんですよ。二人とも花師でしたし、一人より二人の方が研究も進んで効率がいい！　と、エリーナが理詰めで説得したんです」

「お母さん……」

思わずありそう！　と、ルーナは思ってしまった。ぽやんとしている父と、ハキハキしっかり者の母だったから……。

「なんというか、すごく想像できちゃいます」

「親になったあとも、二人とも変わらなかったのですね」

ルーナがクスクス笑うと、ハルムも口元を押さえて懐かしそうに笑う。

「こうしてお父さんたちの話ができるとは思っていなかったので、とても嬉しいです」

「私も話ができて嬉しいです。そういえば、ルーナは今どちらに……？」

「……わたしは伯母の家でお世話になっているんです」

「そういえば、エリーナの生まれはこの街でしたね」

「はい」

ただ、その家にもいつまでいられるかはわからない。ルーナはドーラたちとの別れ際のことを思い出してしまった。もしかしたら、明日にも家を追い出されてしまうかもしれない。そんな不安が湧き起こる。

ルーナの様子を不思議に思ったのか、ハルムが「どうしましたか？」と心配そうにルーナを見た。

「いえ……。戦争が終結したという話を聞いて、ちょっと不安になってしまったんです」

「それは不安になるのも仕方ありません。今後のことは、王族と相手で話し合っていますが……結果はまだわかりませんからね。国がどうなっていくか、現時点ではわかりません」

（――今後のことは今、話し合っている最中なんだ）

つまりそれは、戦争に負けたコーニング王国は今の状況よりも悪くなる可能性が高いということ。

「あの……。一つ聞いてもいいですか？」

「どうぞ」

思わず声が震えてしまったけれど、ルーナはどうしても聞いておきたいことがあった。ハルムなら、わかるかもしれない。

「来年の花師の試験はいつも通りありますか？　わたし、花師になりたいんです」

「試験、ですか」

ルーナの言葉を聞いたハルムは、目を何度も瞬かせて、ふふっと笑った。

「てっきり戦争のことを聞かれると思ったのですが、まさか花師試験のことを確認されるとは思ってもみませんでしたよ」

「あ、そうですよね……すみません。花師になれば、戦争で傷を負った人たちを助けてあげることもできると……そう思ってしまって」

「いいえ。謝る必要はありませんよ。ルーナはブラムたちによく似ていますね。彼らも、困った人によく手を差し伸べていましたから」

ハルムから出てきた、両親に似ているという言葉に、ルーナはくすぐったいような気持ちになる。

（わたしも、お父さんとお母さんみたいな花師になりたいな）

ルーナの表情がわずかに緩んだのを見て、ハルムもつられて笑顔になる。

「試験ですね……。私の推測でしかありませんが、構いませんか？」

「もちろんです！」

ハルムは花師ではあるが、そのスケジュールなどの管理をしたりいろいろな決定を下したりするのは、また別の人が行っているのだと教えてくれた。

「花は生活するうえで欠かせませんから、試験がなくなるということはないと思います。むしろ、これからはもっと花が必要になってきます。ここは大丈夫ですが、戦地に近い街はもっと疲弊(ひへい)しているでしょうからね……」

助けるためにも、花はいくらあってもいいとハルムは話す。もしかしたら、臨時で花師の試験を行ったり、前回の不合格者が合格という判定になったりするかもしれない、と教えてくれた。

「そんなことが……。戦争の被害(ひがい)は、特例を作るほど大変なんですね」

「ええ。王都にいるとあまりわかりませんが、かなり困窮(こんきゅう)しているようです」

国王の葬儀(そうぎ)が終われば、王宮花師も戦場の跡地(あとち)や周辺の街に何人か派遣(はけん)される予定で、今は人員などの調整をしていると教えてくれた。

ハルムは残っていたお茶を飲み干すと、しばし思案したあと、ルーナを見た。

「ルーナさえよければですが、私の弟子(でし)になりませんか？」

「…………え？」

突然(とつぜん)の申し出に、ルーナの思考が停止した。

ルーナはぼーっとしながら、家へ帰る道を歩いていた。先ほどハルムに告げられた、弟子にならないかという言葉が頭の中をぐるぐる回っている。

（まさか花師の弟子にしてもらえるなんて、夢みたい……）

しかも、両親と仲の良かった王宮花師。師匠として、これ以上ないほど素晴らしいと思う。

ルーナはあの場で「よろしくお願いします！」と人生で一番深く頭を下げた。この機会を逃してはいけないと、強く思ったからだ。

「……伯母さんたちに話をしたら、すぐ王宮の寮に移ろう」

マリアが通いだったためルーナは知らなかったが、王宮には花師やその弟子、ほかにもメイドなど勤めている人たちの寮が用意されていて、希望すれば誰でも住めることを教えてもらった。さらに、花師見習いは支度金が必要だが、花師の弟子は国から予算が出るので支度金がかからないのだという。

花師の弟子になれて、ドーラの家も出られて、独り立ちもできて……今日はいいことばかりだ。

ルーナが今にも踊りだしそうな足取りで家へ戻ると、すでにドーラたちは帰宅していた。

「た、ただいま戻りました……」

「ルーナ！　あんた、先に帰ったのにどうしてわたしたちより遅いんだい！　掃除もまったくしてないじゃないか‼」

「ごめんなさい、王宮が広くて道に迷ってしまって……」

ハルムと話をしていたのが遅くなった理由だけれど、道に迷ったことも本当だ。すると、マリアが「どんくさいんだから！」とため息をついた。そして手に持っていた鞄を投げてよこした。

「？　これ、わたしの鞄……」

「ルーナはもう成人するんだから、いい加減この家を出るべきじゃない？　幸い荷物も少ないし、準備だって必要ないもの」

「え……？」

急いで鞄の中を見ると、ルーナの荷物がぎゅうぎゅうに詰め込まれていた。衣類なんてぐちゃぐちゃだ。おそらく、部屋にあったものすべてを詰め込んだのだろう。

「とはいえ、あんたも新しい仕事先がないと大変だろう？　だから、知り合いに話をつけておいたよ。向こうの通りにある酒場なんだけど、ルーナも知ってるだろう？　女給なら、女でも生活費くらい稼げるだろうさ」

「な……っ！　おばさん、いくらなんでもそれは……！」

「好き嫌いして生活ができるわけないだろう？」

住み込みだから、ルーナの部屋も用意してくれるのだとドーラが説明をしてくるけれど、聞きたいのはそんな言葉じゃない。

ルーナは鞄をぎゅっと抱きしめた。

「……出ていきます。でも、そのお店で働くことはしません！」

ルーナは花師になりたい。体を売ってでも生きていきたいわけじゃない。

「そうかい……。それでも構わないけど、泣きついてきたってもう面倒は見られないよ！妹の子だからって、いつまでも甘やかす余裕はないんだ」

「……っ、今まで、お世話になりました」

言いたいことはたくさんあった。

怒鳴られて、こき使われて、部屋は物置で……。だけど、天涯孤独になった幼い自分を引き取ってくれたことだけはありがたかったし、独立することができたら最後にはお礼も言いたいと考えていた。

ルーナは涙ぐみそうになるのを精一杯我慢して、一言口にするだけでいっぱいいっぱいだった。

そのまま振り返らず、ルーナはドーラの家を後にした。

コーニング王国とエデルが戦地にしていた場所では、人間と夜人による後始末が行われていた。とはいっても、そこを支配するのは勝者のエデルだ。人間は捕虜という扱いになっている。

死んだ仲間の体を埋めた人間の兵士は、荒れ地となった戦地に座り込んだ。数人がかりで作業をしていたが、もう限界だった。

「はぁ、はぁ……もう家に帰りたい……」

「ああ……。化け物たちを見たか？　恐ろしい。なかでも、王と呼ばれていたあいつは……体長が二メートルはあったぞ……！」

見たときは震えて心臓が止まるかと思ったと兵士が話す。こんなところにいては、自分たちも殺されてしまうのでは……と憔悴しきっている。

そんな兵士たちを見た薄水色の夜人が、「サボってるんじゃない！」と怒鳴り声をあげた。しかもその後ろには、黒の外套を纏ったエデルの王がいるではないか。被ったフードの隙間からは恐ろしい顔が見えていて、兵士たちは息を呑むのと同時に慌てて立ち上がって作業を再開した。

「やっぱり俺たちは殺されるんだ……」

「俺なんて、去年子どもが生まれたばかりだってのに」

「帰りてぇ、帰りてぇよ……」

泣き言を言いながらも手を動かすしかない兵士たちを、エデルの王は瓦礫の上から見下ろしていた――。

第三章　王宮での生活

花師の朝は早い。

日が昇(のぼ)る前に起きて、花の手入れをする。水やりをする時間や仕方が花によって違(ちが)うからだ。花師ハルムの弟子(でし)になったルーナも、それにならって同じ時間に起きる。

ぱちぱちと眠(ねむ)い目を何度か瞬(まばた)きして、大きく欠伸(あくび)を一つ。眠たいけれど、気持ちはスッキリさっぱりしている。きっと、あの家を出たからだろう。


ここはルーナにあてがわれた寮(りょう)の一室だ。

きちんとした寝具(しんぐ)が揃(そろ)えられているベッドに、小さなサイドテーブルとクローゼット。勉強用に机と椅子(いす)があり、窓には明るい色のカーテンがかけられている。六畳(じょう)程度と広い部屋ではないけれど、今まで物置を自室にしていたルーナにとっては、自分だけのお城だ。

そしてクローゼットに入っているのは、ルーナの仕事着だ。落ち着いた白色を基調とし、差し色にセピアと淡(あわ)いグリーンが使われていて、ワンピースになっている。

今までこんな服を着たことはなかったので、袖を通すだけで気分が上がる。

「えーっと……。一日の仕事内容は、昨日教えてもらったから……」

念のため確認と、ルーナは頭の中で今日の予定を反芻する。初日から失敗するわけにはいかないのだ。

起床後は、花壇へ行き花の様子を見る。病気になっていないか、異変はないか、すべての花を目視で確認する。単調だけれど、とても大切な仕事だ。問題がなければ水やりをし、その後に朝食となる。

午前中は王宮の各部署から花の納品依頼がくるので、随時それに対応していく……というのが基本的な流れだという。ルーナは今日が初日なので、基本的にハルムについていればいいと言われている。

「よし、頑張るぞ！」

気合いを入れて、ルーナは部屋を後にした。


ルーナが花に水をあげていると、「手際がいいですね」とハルムが感心した。

「両親に教えてもらってたんです」

「そうでしたか。二人の花師の腕が、しっかりルーナに受け継がれていて安心しました」

「いえ……！　わたしなんて、まだまだ未熟です」

ハルムに褒めてもらえたのは嬉しいけれど、ルーナが両親に花の育て方を教えてもらっていたのは幼いころだけ。とてもではないが、今の花師に見せるには拙いものだろうと思う。

（おばさんの家でお世話になっていたときも、花師の勉強は続けていたけど……所詮は独学なんだよね）

花師とは、マナを扱い花を育てる人のことを指す。

花の世話や管理はもちろん、新種の花も生み出すことができる。技術と知識が必要な、誇り高き職業だ。

国家資格であり、合格者は年に十人いればいい方だという。たいていの人は引退した花師が開く塾へ高い月謝を払って通う。そのため、ルーナのように現役花師の弟子になれるというのは、とてつもない幸運なのだ。

ルーナが知る限りマリアは塾に通っていなかったので、本を買って一人で勉強していたのだろう。塾へ入るにはお金以外にも、コネが必要だと噂で聞いたことがある。ただ、塾へ入らなければマナの扱いを覚えることが難しいので、花師になるのであれば塾へ通うことが必須だと言われている。

ルーナはそんなすごい花師のもとでこれから弟子として王宮で働けるのだ。急に降ってきた幸せに胸がいっぱいになる。

（それに……王宮の技術だったら、この種も育つかもしれない！）

両親の形見の種を入れた革の袋を紐でくくっただけのネックレスに、ルーナは服越しに触れる。何度か育てようと試みたけれど、芽が出ることはなかった。けれど、種が駄目になってしまうこともなかった。

（わたしの夢は、いつか世界一の花師になること。そして、この種を咲かせること）

ルーナはぐっと胸を張り、ハルムを見る。

「わたし、必ず立派な花師になってみせます！　よろしくお願いします！」

「……ええ。二人の忘れ形見を私が育てられることが、とても嬉しいですよ」

「ハルム師匠……」

ハルムの温かい言葉に、ルーナの目元がじんわり熱くなる。が、泣いている暇なんてないのだ。すぐに目元を拭って、「ありがとうございます」と微笑んだ。

「元気があっていいですね。しばらくは、届けられる花の管理がルーナの仕事になります。近いうちに、国王の葬儀がありますから……」

「……！　はい。しっかりお世話させていただきます」

「ええ、お願いします。わからないことがあれば、なんでも聞いてください。ですがその前に朝食ですね」

お腹が空いていては何もできませんからと、ハルムが笑った。

とっても美味しくて量も多い朝食を終えると、ハルムが王宮花師について教えてくれた。

王宮花師長がいて、その下に王宮花師、王宮花師の弟子、花師見習いがいる。花の世話に関係ない雑務に関しては、王宮付きのメイドに仕事を頼むことができる。ハルムはメイドに雑務を頼むことが多いという。

弟子を取っている花師もいるが、取っていない人もいるそうだ。多い人でも五人ほどで、ハルムの弟子はルーナ一人だと教えてくれた。

さらに王宮花師の弟子は特例とし、三人の王宮花師が認めた場合、試験を受けずとも花師の資格を得ることができるのだという。


ルーナの仕事は、街中の花屋が国王への弔いに持ってきた花の管理だ。たくさん木桶を用意して、水を張って、そこで花たちを管理するという仕事。一見簡単そうに思えるかもしれないが――花の数がドーラの店とは桁違いだった。

「え、これ、全部……？」

どどんと、まるで山のように花が積まれていた。メイドたちが総出で木桶に移しているけれど、全然、人手が足りていない。

するとメイドがルーナの存在に気づいた。

「あ！　花師のお弟子さん！　すみません、すぐにお世話をお願いします。ちょっと枯れ始めている花もあるみたいで……」

「――！　すぐに見ます‼」

メイドの言葉に慌てて返事をし、ルーナは木桶に移された花の状態をチェックしていく。どうやら長時間水を取り替えていないものがあったようで、元気がなくなっている。まだ枯れてはいないけれど、それも時間の問題かもしれない。

「すみません、井戸はどこですか⁉　急いで水を替えます！」

「こっちです！」

時間との戦いだ！　とばかりに走り、井戸へやってきた。ほかにも数人のメイドがついてきて、ルーナの手伝いをしてくれる。

「って、これが井戸⁉」

「そうです。王宮にも普通の井戸はありますけど、花師が使うのはこの井戸です」

メイドが見せてくれたのは、蛇口から水が出る井戸だ。どうやら自動で汲み上げられているらしく、ルーナは目を瞬かせて、まじまじと見る。

（これって、魔道具ってやつだよね？）

マナの力を使い動くものだということは、ルーナも知っている。けれど、魔道具はとても高価なものなので、そうそう見る機会はない。

普段ルーナたちが使うマナとは違い、魔道具に使われているのはマナを含んだ鉱石――夜石というものだ。これを使うことによって、誰でも使用できる魔道具ができあがる。

（さすがは王宮、すごい……）

今更ながら、本当にすごいところに来てしまったのだなとルーナは思った――。

あっという間に十日が経った。ルーナにとっては怒涛の日々で、目の前の仕事をこなすだけで精一杯だった。

そしてルーナが仕事に慣れた今、ちょうど国王の葬儀が執り行われるところだ。国中の王侯貴族が参加するのはもちろんのこと、戦争相手国――エデルの王も参列するという。

「ルーナ、天上の花の配置が終わっていません。すぐに確認してください」

「はいっ！」

ルーナは葬儀の様子を見るどころか、休む間もなく慌ただしくしていた。

ハルムの指示を聞き、ルーナは慌てて南の塔の屋上へと駆けあがる。ここは天上の花が育てられている場所だ。塔の上にある理由は、天に一番近いところで育てるというもの。

この国では、死者は花と共に火葬で天へ旅立つといわれている。そのとき多くの花を共にできる者ほど高貴で、天に行った際にその地位が約束されている……という。

（花と一緒に火葬されるほど地位が上がるなんて、不思議な話だよね）

とはいえこの世界の花は特殊なので、そういうものだと言われたら、確かにそうなのかもしれない。しかしルーナは、それをあまり信じないようにしていた。両親は一本の花も持たずに火葬されてしまったからだ。

（いつか、わたしが一人前の花師になったら……二人のための花を天に送りたい）

そんなことを思う。

「っと、いけない！　急いで花を持っていかなきゃ。火葬の開始は正午だって言ってたから、もう時間がない！」

目の前に広がる天上の花の花壇を見る。

まるで天女の衣のようにひらひらした花びらは透き通り、太陽の光を取り込み七色に光っている。いつ見ても幻想的だ。天上の花は、慈しみ安らかに眠らせてくれるのだと言われているが、正確な作用はまだわかっていない貴重な花だ。

『あら、わたしたちにお役目かしら』

『そうじゃない？　なんでも、国中の花が集められているみたいよ』

『大それたことをしているのねぇ』

ルーナが来たことで、花たちが何か起こるみたいだと話し始めた。ほわほわっとした光が花の上に現れて、キラキラしている。

（というか、花も噂とか耳にするんだ……）

それにちょっと親近感を持ち、ルーナはクスリと笑う。ルーナは街に親しい友人はおらず、何か情報を得るときはもっぱら井戸端会議をしているおば様たちからだったからだ。

「今日、国王様の弔いがあるの。だから花を集めているんだよ」

『あなた、わたしたちが見えるの？』

ルーナが花たちに返事をすると、驚いた声が返ってきた。花たちも、自分たちと交流できる人間というものが初めてだったのだろう。

「うん。内緒なんだけどね」

『確かにわたしたちと話せるなんて言ったら、大変なことになりそう』

花は『その方がいいわ』とルーナに賛同してくれた。

『わたしたちは今日、弔いとして役目を果たすことができるのね。楽しみだわ』

「……準備していくね」

『ええ、お願いね』

嬉しそうな花の声に、ルーナも自然と頬が緩む。

「花は全部使うから、種をしっかり確保しておくこと……っと」

すべての花が国王と共に天へ昇るため、次の花を咲かすための準備は念入りに行わなければいけない。種を確保できるものはもちろん、根もきちんと取っておくことが大事だ。天上の花から種を確保すると、マナを含ませた水をあげる。あとは切り花として持っていけばこの仕事は一段落だ。

（よかった、ちゃんとできた）

しかしルーナがほっとしたのと同時に、天上の花が再び口を開いた。

『誰かしら』

『なんだか心安らぐわ』

「……？」

先ほどよりも弾むような声に、ルーナは首を傾げる。花がこんな風に口にすることは、初めてだ。

いったい誰がいるというのだろうか？　きっと、花たちにとって相性のいい人がいるのだろう。もしかしたら花師かもしれない。そう思ったルーナが振り返ると、そこに居たのは黒いナニカだった。

（――っ！）

思わずひゅっと息を呑んでしまったが、声をあげなかった自分を褒めたい。ルーナはそう思いつつ、見たことのない人物に首を傾げる。

顔が見えないほど深くかぶった黒いフード。背丈はルーナより五十センチほど高いだろうか。二メートルほどあるだろう。しかしフードの付いた外套は質がよいもののようで、細やかな刺繍と高価な装飾品で飾られている。

怪しいが身分の高い人物だろうということは、さすがのルーナでもすぐにわかった。ルーナは花壇から離れ、一歩下がったところで跪く。

無意識のうちに何か失礼なことをしなかっただろうかとルーナが不安に思っていると、相手が声をかけてきた。低い、男性の声だ。

「ああ、すまない……。その、花を見たくて来ただけで、あなたの仕事の邪魔をするつもりはなかったんだ」

「い、いえ！」

「どうぞ続け――」

て、と。おそらくそう続けたかったのだろう。しかしその言葉を言い終わる前に、ごうっと強い風が吹いた。ここは塔の屋上なので、比較的風が強い。

「――っ、あ」

「え――」

黒い人が声をあげた瞬間、ルーナも顔を上げてしまった。そして見たのは、深くかぶったフードがわずかにめくれあがった、その下の素顔。

そこにあった顔は、骨だけの――骸骨だった。

ルーナはいけないと思いつつも、大きく目を見開いてしまう。あまりに突然のことで、咄嗟に表情を繕うことができなかった。

（え!?　何？　――あ、夜人だ！）

エデルに住む、夜人。その姿は人間とは違うものだとルーナは知っていたが、最後に見たのが七歳のときだったので久しぶりに見たことに動揺してしまった。あのときは喧嘩っ早い夜人にも会ったけれど、この人との会話から受ける印象は穏やかなものだった。

「………」

「……あっ、すみません！　わたしったら、不躾に見てしまって……!!」

エデルから来たということは、来賓だろう。ルーナはすぐさま謝罪の言葉を口にして頭を下げた。しかしルーナにかけられた言葉は、意外にも叱咤するものではなかった。

「私を見ても、叫ばない……のか？」

「え？」

叫ぶとは？　と、ルーナは首を傾げたくなりつつも頭を下げたまま地面を見つめる。いっそ地面に身を任せてしまった方が、精神的には楽かもしれないとすら思いながら。

(叫んだら失礼だよね……？　それとも、エデルでは叫ぶのが挨拶だったりする？　ううん、昔会った夜人はそんなこと言ってなかった)

エデルに関して知らないことばかりなので、ルーナは嫌な汗をかく。どうしようと脳内で考えを巡らせていると、男性が「いや……」と言葉を続けた。

「……私の顔は恐ろしいだろう？　私を見た人間は、必ず叫び声をあげる」

「え!?　あ、そういう!?」

確かに顔だけ見たら恐ろしい！　と、ルーナも心の中で同意してしまった。

(でもでも、声は優しいし、気遣ってくれたし、後から顔を見て悲鳴をあげて怯えるなんて失礼極まりないよね!?)

ルーナは思わず素で返事をしてしまったことに気づき、慌てて両手で口を塞いだ。

「すみません！　わたしったら、言葉遣いが……っ！」

「別に構わない」

「あ……ありがとうございます」

許してもらえたことに、ほっと胸を撫で下ろす。言葉遣いには気をつけているけれど、上品にするのはなかなか難しい。

「えと、優しい方なんですね」

姿からはわからないけれど、ルーナに対して気遣いの言葉をかけてくれた。それだけで、多少の人柄はわかるというものだ。何より花たちから好かれていることに、ルーナは思わずニコニコしてしまう。

「…………」

「……？　あ、すみません！　わたしったら、優しいとはいえ初対面の方に図々しかったですよね……」

ルーナは口走ってしまったことに顔を赤くして、両手で頬を押さえる。それを見て、思わず言葉を失っていた男性が軽く首を振った。

「いや……優しいなどと初めて言われたから、驚いてしまっただけだ。気にしてはいない」

「そうなんですか……？　丁寧に対応してくださったので、わたしは気遣いのできるお優しい人だと思いました」

今度こそ怒らせてしまったかもしれないと思ったルーナは、ほっとして頬を緩めた。それから、花壇へ視線を向ける。

「ええと、花を見に来られたのですよね？　どうぞ、近くでご覧ください。この後の葬儀ですべて使うため摘まなければいけないので、長時間は無理ですが……」

「……いいのか？」

「はい」

天上の花は、それは見事な花だ。本当なら、もっとゆっくり観賞してもらいたいくらいなのだが……時間がないことが悔やまれる。

男性は大きな体を少しかがめるようにして、花を見た。その雰囲気はどこか穏やかで、ルーナには男性が花を見ることが本当に嬉しそうに感じられた。

すると、天上の花が『ねえ』とルーナに話しかけてくる。

『わたしをこの人にあげてちょうだい』

「え？」

ルーナは驚きつつも、男性に悟られないように小声で返事をする。

「何言ってるの、無理だよ！　あなたたちは王宮の花で、これから国王様の弔いに使われるんだよ。勝手をしたら、わたしが怒られちゃう！」

『いいじゃない、一本くらい。大丈夫よ』

大丈夫な根拠がまったくないのだが、花から告げられた初めてのお願いにルーナはたじろぐ。

（そりゃあ、叶えてあげたいよ？　でも……）

ルーナはハルムの弟子という立場はあるが、何かを自分で判断して動ける許可は出ていない。花だって、王宮やハルムのものをルーナが管理しているというだけだ。

「どうしてあの人のところに行きたいの？」

『そうね。あなたが言ったみたいに、優しい人だからかしら。穏やかな雰囲気がとっても気に入ったわ』

「相性がいい、ってこと？」

『ええ』

天上の花の言葉に、なるほどそういうこともあるのかとルーナは思う。もしかしたら、男性にもルーナと同じような花に関する才能があり、天上の花がそれを感じ取っているのかもしれない。

「叶えてあげたいけど、わたしじゃ勝手なことはできないんだよ。あなたたちは、国の花だから……」

ルーナが肩を落としながら告げると、天上の花は少し考えて口を開いた。

『……なら、わたしじゃなくてもいいわ。あの人に、あげてもいい花はないの？』

「え？　あげてもいい花なんて、な――くはない、けど」

『本当？』

ルーナの答えに、天上の花の声がぱっと明るくなった。よほどこの夜人に花をあげたいようだ。花たちは、自分に向けられる感情に敏感だ。

　どうしようか悩むも、ルーナは純粋に天上の花の希望を叶えてあげたかった。花師になりたい人間として、花の願いは尊重したいと思ったからだ。

「あの……」

　ルーナは意を決して、花を見ている男性に声をかけた。男性はまさかもう一度声をかけられるとは思っていなかったようで、驚いた顔をしている。

「えっと、ですね……少しだけ、ここで待っていていただくことはできますか？」

「……？　それは、構わないが……」

「ありがとうございます！」

　男性の返事を聞いてすぐ、ルーナは走り出した。


　ルーナが走ってやってきたのは、自室だ。何をしに来たのかといえば、花を取りにきたのだ。自室の窓辺に、ルーナの植木鉢がある。これは、ルーナがドーラの家にいたときからずっと育てていた、水を綺麗にしてくれるせせらぎの花だ。

『あ、おかえりなさい、ルーナ。今日の仕事は終わりなの？』

「ううん。実はね、天上の花が……」

　ルーナは塔の屋上であったことをせせらぎの花に話す。すると、せせらぎの花はすぐにルーナが言いたいことを理解してくれた。

『わたしを渡したいのね』

「うん。今日の朝、新しく蕾が開いて花が咲いたでしょ？　それをあげられたら……と思って」

『いいわよ』

せせらぎの花はすぐに快諾してくれた。『天上の花がそう言うくらいだからね、なかなか興味深いわ！』――と。

「ありがとう」

ルーナはせせらぎの花の言葉にクスクス笑い、今日の朝に咲いたばかりの花を鋏で切った。


ルーナが走って塔へ戻ると、男性は先ほどと同じように花を見ていた。切らした息を整えながら、ルーナは男性へ近づいていく。

（はぁ、はっ、よかった、待っててくれた）

「戻ってきたか」

「はい。これを渡したくて」

立ち上がった男性の横に行き、ルーナは「どうぞ」とせせらぎの花を男性に差し出す。

男性は、それはそれは不可解だという表情をした。いや、骸骨なので表情はわからない。

そんな雰囲気を醸し出している、というだけだ。

「さすがに、私が受け取るわけにはいかないだろう？」

男性はルーナが勝手をしたら罰せられてしまうのでは？　と考えてくれたようだ。その気遣いを嬉しく思いながら、「大丈夫です」と口にする。

「この花はわたしが個人的に育てている花なので、王宮所有の花ではないんです。だから受け取ってもらって大丈夫です。花、好きなんですよね……？」

「……厚意を無下にするわけにもいかないな。ありがたく頂こう」

そう言ってすっと差し出されたのは、骨の手だった。人間の手もこんな風に骨が配置されているのかと、ルーナはちょっとずれたことを考える。普通の女性だったら、きっと恐怖で震えているに違いない。

花を渡すときに、ルーナの指先が男性の指先に触れて、思わず「あ……」と小さく声をこぼす。体温をまったく感じない、冷たい指先だったからだ。

「……花は美しいものだな」

男性は穏やかな手つきで花を受け取ったあと、少し眺めてから「ありがとう」と礼を告げた。

「仕事を続けてくれ。私は失礼する」

「あ……はい……」

男性はフードを被り直して、階段を下りていってしまった。

国王の葬儀は、ルーナが今まで見たことのない――いや、想像すらできないほどの規模で行われた。

国王の遺体と共にくべられた花はキラキラと輝き、その光が天へ昇っていく。まるで天上の花が、魂とほかの花たちを導く標のようだとルーナは感じた。

そして同時に、コーニング王国とエデルの間に和平が結ばれる。

ただ、戦争は昔から繰り返されていて、今までも何度か和平が結ばれるも長く続くことはなかった。今回こそは長く平和が続いてほしいと誰もが願っているが――この二国の対立は根深い。

戦争していた理由は、エデルで採掘できる夜石をコーニング王国が欲したためだ。夜石はマナを含んでいて、魔道具を作るのに使われる。また、それにあたり領土を拡大し、エデルに住む夜人たちを奴隷にしたいという欲もあった。つまるところ、自分たちと姿かたちが違い、マナを戦闘にも使える夜人たちが恐ろしかったのだろう。

まるでこちらが極悪人のようだが、コーニング王国に住む人たちにとってはそれが当然なのだ。

「ふー、やっとゆっくりできるかな」

ルーナは花壇の前でぐぐーっと伸びをする。花師の弟子としての仕事にもだいぶ慣れてきた。とはいえ、まだまだ天手古舞ではあるのだが……。

ルーナがのんびり花壇の前に座っていると、ハルムがやってきた。腰のあたりをさすっていて、「年寄りには少々酷でしたね」と苦笑している。

「お疲れ様です、師匠」

「ルーナもお疲れ様です。大変だったでしょう？」

「……はい。初めてのことだらけで、失敗もしちゃいました。花を持っていく場所を間違えてしまって……」

ルーナがアハハと笑うと、ハルムは「上出来ですよ」と褒めてくれた。確かに失敗もあったが、ルーナはよくやっていたとハルムは思う。

「ハルム様」

「はい？」

「この国は……平和になるでしょうか？」

ルーナの静かな質問に、ハルムはそっと目を伏せた。それを見て、あまりいい方向にいかないのかもしれないと、ルーナは不安になる。

「……おそらく、すぐに平和が訪れるのは難しいでしょう。今までも和平は結ばれましたが、結局のところどこかのタイミングでまた戦争が起きて、人が死んでいくのを繰り返していますから」

「せっかくの和平なのに……」

「そうですね。ですが、ただ和平と言っても……こちらから差し出すものもあります」

ハルムの言葉に、ルーナは「何をですか？」と問う。和平が結ばれるという話は聞いたけれど、条件は何も知らなかった。

「……和平は、互いが疲弊したときに結ばれます。決して、『平和のために手を取り合う』というものではないのです」

「それ、は……平和というより休戦というのではないでしょうか……」

「そうかもしれませんね」

戸惑うルーナに苦笑しながら、ハルムはこの度の戦争のことと、和平を結ぶ条件などを教えてくれた。

人間が死の国と呼ぶ場所——正式名称は『エデル』。
死の国とは、人間が勝手に呼んでいる蔑称だ。エデルは地下に存在しているため、年々食糧難になってきている。そのため、実りある地上に領土がほしかったというのがエデルが争いをしていた一番の理由だろう。

「コーニングがエデルに望むのは、多くのマナを含む夜石の輸入です。エデルに住む夜人のようにマナを多く持たない私たち人間には、生きていく上でとても重要なものです。ルーナも魔道具には助けられているでしょう？」

「はい」

確かに魔道具の便利さを知ってしまったら、もっとほしいと思ってしまう。ルーナですらそう思うのだから、今までずっと使ってきた王侯貴族たちは、手放すことができないだろう。

「じゃあ……エデルは何を望むんですか？」

「食料の取引と、それを保証するための材料――姫。いわゆる人質です」

「――！」

ハルムの言葉に、ルーナは息を呑む。姫は物ではないのだから、さすがに酷いのではないかと思ったのだ。ルーナの顔が険しくなったのを見て、ハルムが苦笑した。

「別に珍しいことではありませんよ。食料の取引保証として要求しているのです。勝利したエデルが望むものとしては、少ないくらいです。和平を結ぶために、互いが縁づくということも珍しくもなんともありませんからね。それに、今回はコーニングが負けたのですから……この程度で済ませてくれたのは、エデル側の温情でしょう」

「あ、王様が……」

ルーナの呟きに、ハルムは静かに頷いた。

今は亡き国王に代わり、第一王子が即位している。そしてルーナの記憶が確かならば、この国には姫が一人しかいないはずだ。

戦争というものの理不尽な終わり方に、ルーナは内心でかなりのショックを受けた。なぜ、人や命をこんなにも簡単に扱うのだろう——と。

「どうしてわたくしが、化け物の国へ行かなければならないの⁉」

バシッと扇を投げ捨て声を荒らげたのは、この国の姫——クラウディアだ。その瞳には怒りが満ちていて、即位したばかりの国王——クローヴィスを睨みつけている。

「淑女がそう声をあげるものではないよ。私だって、お前を死の国に行かせるなんてとんでもないと思っているさ。だが……」

この国の姫が死の国へ行くというのは、すでに覆すことのできない決定事項だ。契約書も交わしている。破ろうものなら重い罰則がのしかかってくるし、最悪、王都に攻め込まれてしまうかもしれない。そうなれば、疲弊しきっているコーニング王国に勝ち目はない。

「…………」

二人の間にしばらく沈黙が流れたあと、部屋にノックの音が響く。すぐにクローヴィスが返事をすると、「ご報告に参りました」と側近がやってきた。

　クラウディアはため息をつきつつ、やっと死の国の者たちが帰ったかと安堵の息をつく。

……が、このままではかの国へ行かなければならない。あんな国へ足を踏み入れたら、いったいどんな目に遭うのか……。

「エデルの王ならびに側近の方々は、先ほど出立され帰路につきました。次の会談は三ヶ月後。こちらからはクラウディア様と食料を、エデルからは夜石を交換する予定です」

「――そうか。報告ご苦労だったな。何も変わりはなかったか？」

「はい。特に暴れられるということもなく――」

　クローヴィスの言葉に返事をした側近だったが、ふと言葉が途切れた。そして「そういえば……」と、何かを思い出したようだ。

「何があった？」

「いいえ、大したことではございません。ただ、エデルの王が胸元にせせらぎの花を一輪つけていたので気になっただけです。……化け物にも、花を愛でる心があるのだな――と」

「まあ！　化け物のくせに花で着飾るのね。滑稽ですこと！」

「ええ、本当に」

　クラウディアの言葉に、側近も笑って同意した。

　しかしクローヴィスだけは、真剣な声で「それは確かか？」と側近を見た。その瞳には、先ほどまでのクラウディアを化け物に差し出さなければいけないと嘆いていた色はない。

「は、はい。確かにせせらぎの花でした。ほかの者も何人か見ております。死の国は花が咲かないから、持って帰りたかったのだろう……と」

間違いありませんと、側近も真剣な表情で告げる。キラキラとわずかに光を放っていたので、花師が王宮で育てたものだろう。

「なるほど、なるほどな……。クラウディア、お前を助けてやることができそうだ」

「……お兄様？」

先ほどとは打って変わって、クローヴィスはにやりと笑った。

国王の葬儀が終わると、ルーナはやっと落ち着いた時間を取ることができた。今までは葬儀の準備で忙しかったけれど、これでルーナ自身がやりたいこともできるようになる。

王宮花師とその弟子には、専用の花壇が与えられるのだ。ルーナも自分の花壇を持つことができたので、さっそく花を育ててみることにした。

弟子に与えられる専用の花壇は、王宮から少し離れたところにある。移動が大変だけれど、自分で自由にできる花壇があるのはとても嬉しい。

（仕事が忙しいから、たくさんは育てられないかもしれないけど……お母さんたちと育ててた花を研究してみよう！）

ルーナはふんすと気合いを入れる。

両親は、治癒に関する花の研究をしていた。

一般的なものだと、解熱作用のあるやすらぎの花がそれにあたる。もっと価値の高いものになると、花の輝きで切り傷などを瞬時に治癒することもできてしまう。人間にとって、とても有効な、誰もが望む花といえるだろう。

ただその分、とても難しい分野でもあった。人間の怪我などを一瞬で治してしまうのだから、花が持つマナの量もかなり必要だったし、栽培も繊細に行わなければならない。

けれど、ルーナには才能がある。

花と会話をして世話をすることができるのだ。それは、卓越した技術にも勝る才能だろう。

ルーナは王宮に申請して用意してもらった種を、種箱へ入れる。そこへ自身の持つマナを流し込むことで、種を成長させたり、複数の種をかけ合わせたりすることができる。

これは誰でもできる作業ではないけれど、これができなければ花師になることはできない。だからこそ、それを習うために花師に師事したい人が多いのだ。ルーナは両親に教えてもらっている。

両親が研究していた新しい花はいくつかあって、今回ルーナが育てようとしているのはそのうちの一つだ。

（やすらぎの花と、虹の花、造血花の種を種箱に入れて……わたしのマナを流して一つの種にする）

必要な種、マナの量やタイミングなどは、すべてルーナの体が覚えている。旅をしていたこともあり、両親は研究成果をあまり書き残してはいなかった。外に漏れてしまう危険を考えたからだ。

覚えられないと涙目になるルーナに、二人はいつも「ちゃんと頭の中にあるから大丈夫」と笑っていた。だからルーナも両親に負けじと必死に覚えたのだ。

「——よし、できた！」

再び種箱を開けると、三つあった種は一つの種になっていた。キラキラと光を帯びていて、その大きさはルーナの指先ほどあり、花の種と考えると大きい部類に入るだろう。

あとはこれを土に植えて育てればいい。この花はこまめな世話は必要ないけれど、成長するのにとても時間がかかる。花が咲くまで、おそらく半年ちょっとかかるだろう。

（ふふっ、楽しみ！）

ルーナは花壇を見て、にんまり微笑んだ。

それから十日あまりが経ち、小さな芽が出てきた。

「やった、順調に育ってる！」

『お日様の陽ざしがあったかい。ありがとう』

「どういたしまして」

芽を出した花が嬉しそうで、ルーナの頬も自然と緩む。今までは王宮の花の世話ばかりで、こうして一から育てることはほとんどなかった。

「たくさんの花を育てちゃおう」

そして目指せ国家資格の取得！　だ。いつかは王宮花師になってみたいとも思うし、その後は両親のように馬車で世界中を旅するのもいいかもしれない。困っている人がいたら、ルーナが助けてあげるのだ。

「お母さんとお父さんはわたしの自慢だもん。……わたしも、二人に恥じないよう一生懸命生きたいな」

ルーナが両親の想い出に浸っていると、ガチャと足音がした。振り向くと、騎士がこちらに向かってている。

「王宮花師ハルムの弟子、ルーナだな？」

「……？　はい。何か……？」

騎士の声は厳しいもので、ルーナは何かしてしまっただろうかと不安になる。しかし、特に心当たりはない。

「前王陛下の葬儀の際、お前が塔の屋上で作業していたと報告が上がっている。間違いないか？」

「はい。間違いありません。天上の花の世話を言いつけられていたので……。もう一度育てるために種を取り出してから、花の部分はすべてわたしが準備しました」

ルーナが作業内容を説明すると、騎士は「それは別にいい」と首を振る。花に不備があって来たのではないのだろうか？　とルーナは首を傾げる。

「その際、誰かに会ったか？」

「あ……はい。エデルの方が花を見に来られました。少しの間だけですが……」

「なるほど」

騎士が何回か「なるほど」と呟いていると、「発見しました！」と違う騎士がやってきた。いったい何を発見したのか、ルーナにはわからない。さすがに理由の説明くらいあってもいいのでは？　と思った矢先、騎士がルーナの手を思いきり捻り上げた。

「いたっ、騎士様⁉」

「死の国の化け物に、せせらぎの花を渡したのはお前だな？」

「――っ！」

告げられた言葉に、ルーナは目を見開いた。確かに、塔の屋上にやってきたエデルの人に自分のせせらぎの花を渡した。花を見に来たのだと言った、骸骨の夜人に。

「やはりお前か。陛下にすべて献上するべき花を、まさか化け物に渡すとはどういうことだ！」

「あ、あれはわたし個人の花です！」

「個人の花だからなんだと言うんだ。ある花はすべて陛下へ献上する！　それがこの国の人間の義務だろう!!」

個人が持つ花まで献上しろなどと、そんな通達は一切なかった。説明もなしに、酷い暴挙だとルーナは騎士を睨みつける。が、「反抗的な目を見せるんじゃない！」と腕を捻る力が強くなった。

「うぐ……っ、でも、エデルから来た方なら来賓じゃ――」

「来賓だからといって、花をあげてよいという許可は出ていないはずだ」

「……っ！」

自身の持つ花を贈るのに許可がいるのか!?　とルーナは叫びたかったけれど、反論する前に引きずられどこかへ連行されてしまった。

牢屋にでも入れられるのだろうか。ルーナはそう思って震えていたのだが、連れてこられたのは王宮内の一室だった。絢爛豪華な廊下を通り辿り着いた一室は立派なもので、ルーナが使っている寮の部屋とはまったく違う。

（え、なんでこんな場所に？　わたし、罰せられるんじゃないの……？）

ルーナがそう思いながら室内に入ると一番奥に執務机があり、一人の男性が座っていた。上品な仕立物で、身分の高い人物だとすぐにわかる。そのすぐ側には、数人の男性が控えている。

男性は優雅な仕草で持っていた羽ペンを置いて、ルーナを見た。口元は笑っているけれど、ピリリとした空気を感じて思わず身震いしてしまう。

（……誰？）

ルーナが戸惑っていると、男性は口を開いた。

「君が見つかってよかったよ。父上の弔いに使う花を化け物に渡す人が、まさか私の王宮にいるとは思わなかったが」

「あ……っ。も、申し訳……ございません……」

ドクンと、心臓が嫌な音を立てた。

（私の、王宮……？　父上……？）

目の前の男性が告げた言葉で、何者かわかってしまった。ここを自分の王宮と言い、花を父親の弔いに使ったと言える人物なんて——現国王のクローヴィスだけだ。

王宮に勤め始めたとはいえ、ルーナにとって国王を始め王族は雲の上の存在だった。まさか、姿を見るばかりか、こうして直接話をしていることが信じられなかった。ルーナが戸惑い震えていると、クローヴィスは「そんなに緊張する必要はないよ」と言う。

「実は君を、私の養子にしようと思ってね」

「は……？」

かけられた言葉が理解できず、ルーナは素っ頓狂な声をあげてしまった。いや、もしかしたら聞き間違いかもしれない。

（だって、わたしを養子にするなんてありえないもの）

しかしルーナが落ち着くよりも早く、クローヴィスは「手続きを進めるから、サインを」と言って羊皮紙を取り出した。

そこにはルーナがクローヴィスの養子になることが書かれている。ルーナは字を読むことが得意ではないが、簡潔に書かれているため一応の理解はできた。……が、どうしてこんなことになっているのかはわからないままだ。しかしこのままサインをしたら、自分がクローヴィスの養子――王族になるということはわかる。

「わたしが陛下の養子になるなんて、とんでもないです！」

ルーナは貴族ですらない。それなのに、王族になる⁉　信じられない。けれどルーナの目の前にいるクローヴィスの目はぎらついていて、本気なのだということがわかってしまう。無意識のうちに、体が震える。

「何、理由はちゃんとある。この度のエデルとの和平については、知っているだろう？」

「あ……はい」

和平が結ばれることや、その条件については、ハルムに教えてもらった。ルーナが頷くと、クローヴィスは「条件も知っているか？」と聞いてきたので、ルーナは再び頷いた。それを見たクローヴィスは、「よろしい」と頷いて今回の件の説明を始めた。

「姫を一人エデルに渡さなければならないが、さすがにクラウディアを出すのは忍びない。

私のたった一人の、大切な妹だからね。そこで、君だ。化け物に花を差し出すほど慈悲があるのだから、姫としてエデルに行っても上手くやれよう」

「――!!」

クローヴィスの口から出た言葉に、驚きが隠せなかった。つまりルーナをエデルへ差し出すためだけに、養子縁組をするというのだ。

(たった一人の妹君を、戦争していた敵国へ行かせたくない気持ちはわかるけど……だけど……)

なぜ自分がと、ルーナは体を抱きしめる。いや、自分が選ばれてしまった理由はわかっている。自身の持ち物とはいえ、敵対していた夜人に花を勝手に贈ったことへの罰だろう。ルーナが断れない状況を作りだされてしまっている。

(でも、さすがに罰が重すぎるよ……!)

エデルに行くことになれば、ルーナの花師になるという夢は叶わなくなる。さらに、両親の形見の種から花を咲かせたいという夢も叶わなくなる。エデルは地下にあり、花が咲かない場所だからだ。

「わ、わたしは……ずっと花屋で下働きをしていました。礼儀作法もできていなくて、いくらエデルに行くとはいえ……娘としていくのは、陛下の顔に泥を塗ることになってしまいます……」

「ああ、そんなことか。それは別に君が気にすることではない。どうせこちらの戦力が整

えば化け物たちを皆殺しにするのだから、どう思われていようが関係ない」

「……っ！」

（なんて恐ろしいことを——！）

顔色一つ変えずに告げたクローヴィスの言葉は、とても冷たいものだった。ルーナにはとてもではないが口にすることはできない。

ルーナの葛藤がわかったからだろう。クローヴィスは、意味ありげに目を細める。

「君は、ハルムに師事しているそうじゃないか。ハルムはよい成績を残してくれているから、私としては長く勤めてもらいたいと思っているのだがな……」

「……っ！」

馬鹿なルーナでもわかる。クローヴィスはルーナが「はい」と言わなければ、その責任をハルムに取らせると言っているのだ。

（そんなの、わたしに選択肢なんてないじゃない……）

自分を地獄のような生活から救ってくれたハルムには、感謝してもしきれないのだ。短い期間ではあるが、花師としての知識をいろいろと教えてもらった。

「自分の名前は書けるか？」

「……書けます」

クローヴィスの問いかけに、ルーナは観念するように体の力を抜いて返事をする。いや、返事をするしかなかった。

（あの人に、花をあげなければこんなことにならなかったのかな？）

そう思う。でも。

（花を見に来たと言ったあの人に、わたしも花をあげたいと思ってしまったから……）

ルーナがサインをすると、クローヴィスは満足そうに頷いた。すぐに側近が羊皮紙を手にして、「問題ありません」と告げた。

「これで君は今から私の娘だ。三ヶ月後にはエデルへ行ってもらうから、そのつもりでいてくれ」

「は、はい……」

「もう下がっていいよ」

クローヴィスが手を振り合図をすると、側近が「こちらへ」とルーナを執務室の外へ誘導した。どうやら場所を変えて説明が続行されるようだ。

執務室を出て廊下を歩くルーナの足取りは、どんどん重くなっていく。本当にサインしてしまってよかったのだろうか？　そんな疑問が脳裏をぐるぐるしているけれど、あの場でクローヴィスに逆らうなんて、ルーナにはできなかった。というか、王命に逆らえる人物なんていないだろう。

せめてハルムに相談することができればよかったのだが、ルーナにはそんな時間の猶予すら与えられなかった。

「本日から、ここがルーナ様の部屋です」

「……！」

案内された部屋は、ルーナが使っている寮の自室の何倍もの広さがあった。ホワイトベージュと薄紅色(うすべに)で整えられた部屋は、まさにお姫様の部屋だ。

「ルーナ様には本日より教師がつきます。一応、作法に関して最低限は覚えていただこうと思っています」

「は、はい……」

「それから、ルーナ様付きとしてメイド五名。後程(のちほど)参りますので、何かあればその者たちに相談してください」

「メイドが五人⁉」

もう、驚くことばかりだ。

今回ルーナに説明されたのはそれだけで、メイドの指示に従って三ヶ月間生活するようにということだけ。

説明を終えて出ていくクローヴィスの側近を見つつ、ルーナは部屋に立(た)ち尽(つ)くした。

人間が住むコーニング王国と、夜人が住むエデル。

疲弊した両者は和平を結ぶこととなったが、まさかその渦中に自分が巻き込まれることになるなんて、ルーナは思ってもいなかった。

「はあ……」

ルーナは自室として与えられた部屋のソファに座って、ぐったりする。

養子縁組のサインをした翌日。朝からメイドたちにドレスに着替えさせられ、髪を整えられ、化粧をされ……教師の授業が始まった。

教師に教えられているときであれば、まだいい。自分にない礼儀作法を覚えられるというのは、ルーナも単純に嬉しかった。しかし、食事の際に物音を立てようものなら、メイドにすかさず注意されるのだ。「音を立てるなど、はしたないです」と。移動中の歩き方も、姿勢が綺麗でないと叱られる。

（もう、くたくただよ……）

花の世話だって、「いけません」と言われてできなかった。それどころか、ハルムに会いに行く許可も得られなかった。

ルーナは自分のことなのに、何一つ自由にすることができない状況になってしまった。

そんな日が、一ヶ月ほど続いた。

ルーナの所作が少しだけよくなってきたころ、部屋にハルムがやってきた。いつも通り品の良いハルムだが、その表情は心なしか疲労が溜まっているようにも見える。

「許可を取るのに時間がかかってしまいました。大丈夫でしたか？　ルーナ」

「うう、ハルム師匠……！」

　ハルムの声を聞いたら、一気に体の中から何かが溢れてきた。じわりと目元が熱くなる。頑張って生活していたが、慣れないこともあり、ルーナは限界だった。

「わたし、まさか国王陛下の養子になるなんて……思ってもみませんでした。ごめんなさい。ハルム師匠にも、きっとたくさんご迷惑をおかけしていますよね……」

「ルーナ、私のことなど気にしないで下さい。……私こそ、側にいることができず、すみません。恩人の忘れ形見だというのに守ることもできなかった」

「いいえ……！」

　もしハルムがあの場にいたとしても、きっと結果は変わらなかっただろう。王宮花師とはいえ、国王に意見できる立場ではないからだ。逆に、迷惑をかけたに違いない。ルーナはそういった身分や制度について、この一ヶ月で嫌というほど教えられた。

　憔悴しきったルーナの顔を見て、ハルムはぐっと口元を引き締める。

「大丈夫です。ルーナをエデルに行かせるなんてこと、私がさせません」

「でも……わたしが行かないと、クラウディア様が行くことになってしまいます」

「ルーナ。それが王族の務めでもあるのですよ」

「――っ」

　ルーナは実際クラウディアに会ったことはないが、まだ十代の少女だということは聞いている。ルーナと違い夜人を忌避しているだろう、自分と同じくらいの年頃のお姫様がエデルに行くことは、きっととても辛いことだろうと思っていた。

（王族って、わたしが想像していたよりもずっと……）

ハルムの言葉で、改めて王族のことを考えさせられた。同時に、今の王族は国民に命令するばかりで、何も助けてはくれないのだ……と。

そう考えれば、ルーナが行く必要はないかもしれない。そう思ったが、駄目だとルーナは首を振る。もし自分が行かなければ、ハルムに迷惑がかかってしまう。ハルムはルーナの父親を恩人だと言ったが、ルーナの恩人はハルムだ。

「大丈夫です。もともと、わたしが花を夜人に渡してしまったのがいけないんです。コーニングとエデルの関係を考えたら……戦争相手に花を贈るなんて、いけませんよね」

「確かに許可を得た方がよかったかもしれませんが、相手は来賓です。事後報告でも問題はなかったはずで――」

しかしハルムが言い終わる前に、「時間ですよ」と騎士の声がかかった。ルーナの護衛騎士で、いつも部屋の入り口にいるのだが……護衛とは名ばかりの監視係だ。

「……っ、また来ます」

「ありがとうございます。ハルム師匠」

ハルムを見送って一息つくと、メイドがお茶を淹れてくれた。同時に、「ハルム様のお言葉は真に受けませんよう……」と釘を刺されてしまう。

「わかっています。しばらくゆっくりしたいので、一人にしてもらっていいですか？」

「かしこまりました」

ルーナの言葉に従いメイドが退室すると、はあぁぁと大きく息をはいた。せっかくハルムが会いに来てくれたというのに、否定的な言葉ばかり口にしてしまった。ハルムに呆(あき)れられてしまったかもしれない。

気落ちしてしまったルーナは、ネックレスにしている両親の形見を取り出してぎゅっと握(にぎ)りしめる。小さな袋の中に入っているのは、花の種。

「花師になって、花を咲かせたかったんだけど……」

もう無理かもしれないと、ルーナは袋から種を取り出して思う。

淡くキラキラ光る虹色(にじいろ)の小さな種。両親が作り出した新種の種は、何度か育てようとしたものの一度も芽吹(めぶ)いていない。場所や水やりの時間、季節、いろいろ試(ため)しはしたものの、一向に芽が出なかったのだ。

「ハルム師匠に師事して花の知識は増えたけど、それでも芽吹かせる方法は見当もつかないよ」

いったい何をすれば芽吹いてくれるのだろう。

ルーナはそんなことを考えているうちに、疲れから眠りについてしまった。

　その後、結局ハルムに会うことなく、ルーナがエデルへ行く日が来てしまった。

　ルーナは朝から清めをさせられて、淡いベージュと白を基調とした正装に着替えさせられる。差し色に使われているのは、ルーナの瞳と同じ薄紅だ。

「これでよろしいでしょう。あとは和平の儀式をして、終了です」

「はい」

　着付けをしたメイドの言葉に従って部屋を出る。すると、廊下を曲がったところでハルムがやってきた。

「ハルム師匠！」

「ああ、よかったルーナ。会うことができて」

　ハルムはわずかに息を切らしていて、ルーナに会うために急いで来たのだということがわかった。

「あれから何度か交渉を試みようとしましたが、無理でした。……頼りにならない師で、すみません」

「いいえ！　ハルム師匠のせいではありません。ハルム師匠はわたしにとって、最高の師匠です！」

「……ありがとうございます。私にはもう、ルーナの無事を祈ることしかできません」

そう言って、ハルムはルーナの頭に白いヴェールを被せた。ルーナの背中をすっぽり覆い、地面につきそうなほど長い。

「ハルム師匠、これは……？」

「これは清めのヴェールです。天上の花の実から作り出した糸で織ったヴェールです。穢れを寄せつけないという意味合いがあります。夜人の前に出るときに着る正装、というところでしょうか」

「そうだったんですね。ありがとうございます！」

ルーナはその場でくるりと回ってみせた。ヴェールがふわりと舞って、とても可愛らしい。

「行ってきます、ハルム師匠」

「……ええ」

ルーナは最後、とびきりの笑顔で別れを告げた。

和平の儀式はコーニングの王宮で行われる。夜人たちがやってきて、儀式を行い、ルーナを連れて帰るというのが大まかな流れだ。

シャンシャン……と静かに鳴る鈴の音に、ルーナの心臓の鼓動はドキドキと加速する。今日の儀式の手順に関しては、絶対に失敗しないようにと、クローヴィスの側近から何度も何度もしつこいくらいに説明を聞かされた。

用意された儀式の間の中央へ行くのは、両国の王。そして誓いが終われば、互いに約束したものを差し出す。それによって和平が成立する。

エデルから差し出されるのは、マナを多く含み、魔道具の材料となる鉱石の夜石。

コーニング王国から差し出すのは、食料と、その食料を継続して輸出するための保証の役割をする王家の姫——ルーナ。

クローヴィスとエデルの王が羊皮紙にサインをし終え、ルーナの出番が来た。まずは敗戦国であるコーニング王国が食料とルーナを差し出す。

ここで渡す食料は一部で、持って帰るものは馬車に積まれたものが外に準備されている。今後も、定期的に輸出が続く。

ルーナはゆっくり歩き、エデルの王の前で膝をつく。この場では決して言葉を発しないようにと、口をすっぱくして注意されている。

（うう、緊張する。エデルの王様って、いったいどんな人だろう？　クローヴィス陛下みたいに、恐ろしい人じゃないといいんだけど——）

そう思ってちらりと視線を動かすと、いつかの骸骨の黒い目と視線が合った……ような気がした。

「え……」

思わずルーナが声を出すと、クローヴィスに睨まれる。慌てて口を噤み、ルーナは段取り通り、夜人のもとへ行き控えるかたちをとる。エデルの王の後ろに、食料と一緒に並んだ。

しかしルーナの頭の中は、大混乱だ。

(この人がエデルの王様なの⁉　この前、わたしが花をあげた人だよ……‼)

あのときはエデルから来た来賓の一人、という認識だったけれど、まさかエデルの王だとは夢にも思わなかった。供を連れていなかったので、側近の人か誰かが暇をみつけて花を見に来たのだとばかり思っていた。

(わたし、失礼な態度を取っちゃったかも！)

ルーナの顔がさああっと青くなる。

しかしそんなルーナの心情をよそに、儀式はつつがなく終わり、あっという間に王宮を出る時間になってしまった。

ガタゴト揺れる馬車に乗って、ルーナは重苦しい沈黙に耐えていた。なぜなら、馬車に乗っているのがなぜかルーナとエデルの王の二人だけだからだ。もちろん側近や護衛はいるけれど、同乗はせず、違う馬車か、馬で周囲の警戒にあたっている。

（何か話した方がいい？　それとも、静かに座ってた方がいいのかな？　ううぅ、落ち着かないよ……！）

　馬車はかなり揺れるけれど、柔らかなクッションが敷かれているためお尻はそんなに痛くない。ルーナが両親と馬車で旅をしていたときよりも快適だ。

　ルーナが気を紛らわすためにそんなことを考えていると、ふいに王の首元にせせらぎの花を加工した装飾品がつけられていることに気づく。

「……ああ、これか」

　王はルーナの視線に気づいたようで、せせらぎの花の装飾に触れた。

「あなたにもらった花を使って作らせた。……ただ枯れてしまうのは、惜しいだろう？」

「あ……ありがとうございます」

　まさか装飾品に加工して花を持っていてもらえるとは思わなかったので、ルーナは驚く。同時に、やはり花を大切にしてくれる優しい人だったと嬉しくなる。

（クローヴィス陛下の百倍は優しいよ……!!）

　この人が王のエデルでなら、上手くやっていけるかもしれない。

　エデルに行くことで花師になる未来が絶たれたため塞ぎ込んでいたが、もっと前向きにならなければ！　と、ルーナは気合いを入れる。

（お父さんだって、夜人はいい人だっていつも言ってたし……）

正式な花師にはなれないけれど、エデルでも花に関わる仕事をすることはできるかもしれない。人間がエデルに行くことなんてほぼないので、新たな発見だってできるかもしれない。そう考えると、今回のことが少し……いやかなり、楽しくなってきた。

そしてルーナは、自己紹介をしていないことに思い至る。

儀式が終わったあと、コーニング王国の人たちの冷たい目線にさらされて、すぐにエデルに向けて出発したからだ。

「ええと、話すことをお許しいただけますか？」

「うん？　別に許可はいらないから、好きに話すといい」

「いえ、その……わたしは名乗ってもいませんし、陛下のお名前も存じません。ですから、自己紹介をしつつ、少しお話しできたらいいのでは……と」

ルーナの提案を聞いて、王は「そういえば名も知らなかったな」と呟いた。

「私はユグだ。何かあれば、其方には侍女をつけるので、その者に相談してくれたらいい」

「ご配慮ありがとうございます。わたし——わたくしは、ルーナと申します。どうぞよろしくお願いいたします」

「ああ」

どうにか自己紹介ができてほっとしたルーナだったが、ここで沈黙が流れてしまった。

ルーナの予定では、この後たわいのない雑談が続くはずだったのだが……。

「……ええと、ユグ陛下は花がお好きなんですか？　わたくしは花が大好きで、花のお世話もよくしていたんです」

「そうか」

「それで、ええと、エデルはどんな環境なんでしょうか？　もしかしたら、エデルに合う花があるかもしれません」

「そうだとよいな」

「…………」

（――話が続かない！）

ユグは話を聞いてくれないわけではないが、相槌以外に何かを返してくれるわけではない。骸骨の顔では表情も読めないので、これでは嫌がられているのかどうかルーナには判断が難しい。

こんなときは事務的な話がいいのかもしれない。

「エデルに到着したら、わたくしは何をすればいいですか？」

「……？　何も」

「な、何も、ですか？　その、仕事といいますか、役割はないのでしょうか？」

何もせずに一日過ごすなんて、そんな贅沢なこと、ルーナはしたことがない。しかしルーナの戸惑いは気にしていないのか、ユグはさらりと答える。

「強いていうなら、生きていることが仕事だ。其方はいわば人質のようなものだからな」

「――！」

ユグの言葉が、ずしりとルーナにのしかかった。

（そうだ、わたしはコーニングが食料をちゃんと渡すための人質だ）

ルーナがエデルにいる間は、ルーナの無事を確保するために食料を送る。そういう暗黙の了解があるのだが……ルーナは本当の姫ではない。もしかしたら食料は送られず、自分は見捨てられるのでは？　と、思ってしまう。

（いや、普通にありうる……）

クローヴィスがルーナのことを助ける図が、まったく想像できない。むしろ、戦争をするための道具にすらしそうだなと思う。

（って、そうだ！　戦争！）

ルーナはクローヴィスが、戦力が回復したら化け物を皆殺しにすると言っていたことを思い出す。せっかく和平を結んだのに、また争うなんてとんでもないことだ。

「あ、あの！　クローヴィス陛下が、その……戦力が整ったらエデルと、その……戦うと言っていたんです」

「まあ、そうだろうな」

「え？」

さらりとした返事に、逆にルーナが驚いてしまう。コーニング王国の戦争に関する情報なので、もっと驚くとばかり思っていたのだが……。

「それより、そんな機密情報をもらしてよかったのか？」

「——！　わ、わたくしは……戦争が嫌なのです。争いなんてせず、平和がやってきて、それがずっと続いていればいいと思っていますから」

「そうか」

とはいえ、今のコーニングは疲弊している。これまでの戦いでかなりの数の兵を失ったと聞くので、しばらくは大人しくしているだろうし、食料の輸出も問題なく行われるはずだ。

つまり今ルーナがすべきことといえば、先ほどユグが言ったことだ。

「が、がんばって生きます……」

ルーナが震える声で宣言すると、ユグがわずかに笑った……ような気がした。

「人間の姫は弱い者が多いと思ったが、其方は強いのだな」

「え？　そんなことは……」

ない……と言いたいけれど、ドーラたちの酷い仕打ちに耐えてきたし、どちらかといえば図太い部類だと今更ながらに思う。

「……以前も、同じような和平を結んだことがある」

「初めての和平ではないということは、わたくしも知っています」

何度も繰り返されてきた歴史で、和平を結ぶたび、コーニング王国からは姫がエデルへ行っているという。

「そのときは縁づくため、コーニングの姫が花嫁としてやってきた。……が、その姫はエデルに来た翌日、自ら命を絶った」

ひゅっと、ルーナの喉が小さく鳴った。

「――そんな」

「よほど、私たち夜人が恐ろしかったのだろう。化け物の子を産まされるとでも思ったのか……。以来、死ぬ理由を作らせぬため花嫁として迎えることはしなくなった」

「………」

ルーナがなんと返事をしたらいいかわからずにいると、しばらく沈黙が続く。すると、ユグはもう何も話すことはないとばかりに本を読み始めてしまった。

（でも、人質として連れてくる姫を怖がらせないように花嫁にはしなくなったんだよね？）

咄嗟に返事はできなかったけれど、やはりユグは優しい人なのだとルーナは思った。


ガタゴト馬車が走る音と、時折ページをめくる音だけがルーナの耳に聞こえてくる。夜人の馬車なので窓のカーテンは閉じているが、不思議と今の時間は穏やかに思えた。

（わたしも何か時間を潰せるものでも持ってきたらよかったかな……？）

そう思ったが、ルーナにできることなんて花の世話と料理くらいだ。

王女教育の一環で刺繍は教えられたが、上手くできなかった。文字は以前より覚えたけれど、ユグのように一冊の本を読むことは難しいだろう。

　ルーナがそわそわし始めたことに気づいたからか、ユグが車内に設置されている棚を指さした。

「え？　ええと、失礼します。……わ、本！」

　棚の中には数冊の本が入っていた。ユグ本人は再び本に視線を戻してしまっているが、おそらく読んでいいということなのだろう。

（でも、本なんて読めるかな……）

　花師関係のものであれば、知っている単語も多いので雰囲気で読み進めていくこともできる。それ以外の本は……まだ難かしい。

　とはいえ、せっかくユグが勧めてくれたので手に取ってみた。膝に載せてパラパラめくっていく。中は、文字よりも絵が多く描かれていた。

「え、これって花の本⁉」

「………」

「すみません……静かに読みます……」

　嬉しさのあまり声をあげてしまったが、すぐに口を閉じる。そしてユグと同じように、静かに本をめくっていく。頭の中だけは大変騒がしいけれど。

　書かれていた文字は半分ほどしか読めなかったが、珍しい花の絵が描かれていた。主にエデルに近い地域でしか咲かない花が多いようだ。以前、両親が研究していた花の絵も載っている。王都に来てからはまったく見ていなかったので、なんだか懐かしい。

そしてふと気づく。

(そうだ……馬車が事故にあったのは、エデルに近い場所だった)

ふいに両親の記憶が蘇り、目頭が熱くなった。

エデルでの生活が落ち着いたころ、事故にあった付近へ行くことができたらいいなと思う。今はもう記憶も朧気だけれど、ルーナにとっては……両親と最後に一緒にいた場所でもあるのだから……。

そしていつか、両親の遺してくれた種の花を咲かせて見せに行けたらいいなとルーナは思った。

［第四章］

夜人の国

馬車で五日、エデルの入り口へ到着した。

エデルは地下に広がる国だ。エデルへ続く洞窟の中を進むには、その眼前にある大きな池――死の池と呼ばれている場所を進まなければならない。そのためルーナたちは船に乗り換え死の池を進んだ。


エデルはルーナが考えていたよりもずっとずっと広かった。地下の洞窟の中にあるのだから、岩肌がむき出しなのだろうか……と考えていたが、天井が高く、しっかりした建物があり、街が作られていた。

住んでいるのは人間とは違う外見を持つ、夜人。

彼らは角や羽が生えていたり、二足歩行の動物のような姿だったりと様々だ。ルーナは思わず目で追いかけてしまうが、睨まれるためそっと視線を外した。

街の中を馬車で進み、奈落にかかった橋を渡り、また一つ街を通って再び橋を渡る。すると、そこに王城が現れた。

黒い鉱石で建てられた王城は、武骨だけれど、繊細な細工がされている。ところどころに光る鉱石がまじっているようで、地下だというのに薄暗さはあまり気にならない。

「ルーナ。其方の部屋へ案内しよう」

「は、はいっ！」

歩き出したユグのあとを急いで追いかける。ユグの側近たちはみな、ほかに仕事があるのかどこかへ行ってしまった。

（え？　いいのかな、ユグ陛下自らが案内なんて……）

そう思ったが、その理由はすぐに判明した。王城にいる夜人たちが、ルーナに殺気を飛ばしてくるのだ。息が詰まるような感覚に、ひゅっと喉が鳴る。

ルーナの視界に入ったのは、全身に毛の生えた夜人だ。おそらく獣がベースになっているのだろう。頭には丸みを帯びた耳があり、鋭い牙と爪が見える。顔立ちに幼さがあるので、おそらくルーナと同じくらいか、少し年上だろう。

「お前、殺気を飛ばすのは止めないか。彼女はコーニングの姫だぞ」

「……失礼いたしました」

殺気を飛ばしてきた夜人はルーナを睨みながらも、謝罪を口にして去っていった。

（び……っくり、したぁ……）

ルーナが大きく息を吸い込むと、ユグが「すまないな」とルーナに謝った。それに軽く首を振り、「大丈夫です」と返事をする。

どうして殺気を向けられなければいけないのかとも思ったけれど、コーニング王国に来ていた夜人に対して、人間も同じことをしていた。それを考えると、ルーナからは強く言い返すことはできない。


それから少し歩き、王城の三階部分に到着した。そこにある一室を指さして、「ここだ」とユグが告げた。

「中に侍女がいるはずだ。紹介しよう」

そう言って両開きの扉を開けて中に入ると、一人の侍女が跪いていた。

「おかえりなさいませ、我らが王よ。そしてようこそいらっしゃいました。ルーナ様。お仕えさせていただきます、アティーと申します」

「よ、よろしくお願いします……！」

ルーナの侍女にと紹介されたのは、ダークレッドの美しい長い髪と、腰部分に悪魔の羽を持つ豊満な女性の夜人だった。とても美しい――そう称されるべきなのだろうが、目元は長い前髪のせいで見えない。

「彼女は人間に忌避感を持っていないから、其方にも友好的に接してくれるだろう。だが、何かあればすぐに相談してくれ」

「はい。お心遣いありがとうございます」

ルーナの身を案じて侍女の選出をしてくれたようだ。ただ、そのせいで侍女が務まる夜人が彼女だけだったのだという。しかしルーナを気遣うユグの姿勢には好感が持てた。人間の貴族にくらべれば、ずっと誠実だ。

紹介してもらったアティーは人間に近い外見だった。エデルから出たことがなく人見知りで付き合いづらいところはあるらしいが、殺気を浴びせられることに比べたらまったく問題ない。

「後は任せたぞ、アティー」

「かしこまりました」


ユグが退室すると、アティーはすぐにお茶の用意をしてくれた。柔らかな甘い香りがする茶葉は、コーニング王国で好まれているもので、ルーナもよく口にしていたものだ。

「ルーナ様の好みがわからなかったので、コーニングでよく飲まれている茶葉にしました。いかがでしょうか？」

「とても美味しいです。ありがとうございます、アティーさん」

「お気に召していただいてよかったです。ですが、わたくしのことは、どうぞアティーと呼び捨ててくださいませ。ルーナ様はわたくしの主になったのですから」

ルーナとしては、アティーは同じ年頃に見えることもあり、友達のように過ごせたら嬉しい……という思いが少しだけあった。けれど、主従関係であるとはっきり言われては仕方がない。

（少しずつ仲良くなれたらいいなぁ）

そう思いながら、ルーナは「よろしくね、アティー」と微笑んだ。


ルーナがエデルに来てから十日ほどが経った。

賓客のルーナは毎日優雅に過ごし――ぶっちゃけて言うと暇だった。そして働かないでいることにどうしてもムズムズしてしまうのだ。クローヴィスの養女になったあとも、王族としての勉強があったため地獄のような忙しさだったからというのもある。

本当はエデルで花を咲かせる方法などを調べようとしたのだが、アティーから「まずはエデルに慣れてくださいませ」と言われてしまい、それもそうだと思ったルーナは今まで大人しくしていたのだ。

何もしない時間が、どうしようもなく落ち着かない。

（このままだと、堕落してしまう……）

エデルでの生活自体に不満はない。あれ以来ユグには会っていないけれど、アティーとは毎日顔を合わせているし、雑談をして仲良くできていると思う。

「あら。ルーナ様、ソファの上で溶けてしまいそうになっていますよ」

「アティー……」

「どうかされましたか？」

何かを訴えるようなルーナの声に、アティーは首を傾げる。

「何かありましたら、なんなりと申し付けてくださいませ。わたくしはルーナ様の侍女なのですから」

「じゃあ……お言葉に甘えちゃうね。部屋に閉じこもってばっかりで、落ち着かないの。今までは働いてたから」

仕事がほしい！　とまではさすがに言えないけれど、せめて部屋から出る許可がほしいとルーナは思う。散歩でもすれば、多少は気分転換になるはずだ。

「そのまま優雅にお過ごしになればよろしいのに……」

ルーナの要望を聞いたアティーは、「もう十日経っていますから、そろそろいいかもしれませんね」と言って外出の許可を取ってきてくれた。


ルーナは賓客扱いということもあって、アティーが一緒という条件で王城の中のみ自由にしていいという許可が下りた。

もしルーナが一人で歩こうものなら、好戦的な夜人に襲われてしまうだろう。自室にいたらわからないけれど、それだけ人間を恨んでいる夜人は多いのだ。

「わたくしの側を離れないようにお願いいたしますね」

「はい！」

エデルの服に身を包んだルーナは、久しぶりの外出に気分が上がる。以前殺気を浴びせられたときはとても怖かったけれど、やはり外には出たいのだ。

「花があったら、お世話もできたんだけどなぁ」

「花、ですか？」

「わたくし、花師の弟子だったんですよ。花に水をあげたりするんです」

「まあ……。ルーナ様は王女であらせられながら、花師の弟子のお仕事もされていたのですね」

驚いたアティーに、ルーナはしまった！　と内心で冷や汗をかく。今の自分はクローヴィスの養女であって、王女だった。花師の弟子だったなんて、口が裂けても言ってはいけないことではないか……！

「あ、あはははは！　花が好きだったのです！」

ルーナが笑って誤魔化すと、アティーは感心したように頷いた。そしてどこか遠くを見るように呟く。

「地上には、本当に花があるのですねぇ」

「あ……」

（そうだ、エデルでは花が咲かないんだった……！）

戦争をするためにエデルから出たことがある人は知っているが、アティーのように外へ出たことがない人たちは花というものを見たことがない。配慮に欠けた発言だったかもしれないと、ルーナは後悔する。

「ごめんなさい、わたくしったら……自分の話ばかりで」

「いいえ。ルーナ様のお話を伺うのは、とても楽しいですから。わたくしもいつか見てみたいですわ」

嬉しそうに告げるアティーの笑顔を見て、ルーナはいつか花を見せてあげられたら……と思う。しかしそのためには地上に連れて行かなければならないので、今までエデルから出たことがないアティーでは難しいかもしれない。ここ数日接していてわかったのだが、アティーは想像していたよりとてつもなく人見知りで、気弱だった。

(わたしにこそ、普通に接してくれているけど……)

ユグの前でも、失敗しないように気を張っていた。けれどほかの夜人がルーナの部屋へやってきて対応するときは、声がとても小さくなったりするのだ。

これはやはり、当初の目的通りエデルで花を咲かせ、アティーにも見せてあげなければ！　と、ルーナは一人意気込んだ。

ルーナはエデルで花を咲かせる決意をしたものの、まず何から取りかかればいいか悩ん

でいた。

「うーん……。道具類はハルム師匠の弟子だったときのがあるし、土もエデルにあるものを使えばいいけど……肝心の花の種がないよね」

エデルは元々花が咲かないため種がない。というのをアティーに確認して、ルーナは出だしからつまずいてしまったのだ。

そんなルーナを見て、お茶の用意をしていたアティーが「でしたら」と提案の言葉を口にした。

「陛下にお願いしてみてはいかがですか？　今はルーナ様のおかげでコーニングとの取引も順調と聞いていますし、種を仕入れることもできると思いますよ」

「……！　さすがアティー、天才！　さっそく陛下に時間を作ってもらおう！」


——勢いとは本当に怖いものである。

今、ルーナの目の前には優雅に紅茶を飲むユグが座っている。ここはユグの応接室。話があると伝えてもらったら、お茶会になってしまったのである。

（わ、わたしの作法は大丈夫かな⁉）

コーニングの王宮で散々練習させられたが、本番は初めてだ。失礼のないよう、慎重に紅茶を飲み、上品に見えるよう口は小さく開けて焼き菓子をいただく。

ユグは少し残っていた書類に目を通し終わると、控えていた側近へと渡してからルーナを見た。

「それで……花の種がほしいとアティーから聞いた。エデルでは花は咲かないが？」

種を欲してどうするのだと、ユグの暗い目が告げている。が、ルーナもここで引き下がるわけにはいかないのだ。

「……塔の屋上でお会いしたのでご存じかもしれませんが、わたくしは花が好きなんです。エデルでも花を咲かせてみたいと、そう思ったのです」

「ここで、花を……？」

真剣なルーナの言葉にユグは驚いた。しかしすぐ横に控えていた側近は、「エデルで花⁉」と言って笑った。

「いやいやいやいやいや、無理だろう、さすがに！」

「ファルケ、口が過ぎるぞ」

「ごめんごめん」

側近——ファルケの態度にルーナが驚くと、「そういえば話すのは初めてだね」とこちらを見た。ファルケはユグの近くに控えていることが多かったので、ルーナも姿だけは何度か見たことがあった。

癖のある薄水色の髪に、あどけなさの残る少年と青年の間のような容姿だ。ぱっと見は人間と変わらない外見をしているが、よく見ると髪の先が雪の結晶になっていてひやりとした冷気を放っている。おそらく氷や雪に関係する夜人なのだろうとルーナは考えた。

「どうせ人間の姫はわめいてうるさいだろうと思ったから、相手にしたくなかったんだ。だけど、ルーナ様は変わってるね〜！　まさかエデルで花を咲かそうとするなんて！　ぷぷぷ！」

「側近がすまない……」

「いえ……」

ルーナは苦笑しつつも、別にファルケの対応に怒ったりはしない。むしろ気さくに接してもらえたことが嬉しいとすら思ってしまった。

「ファルケ、種の手配をしておけ」

「りょうか〜い！　種類とかはお任せでいい？　あと、ほかに必要なものがあれば揃えておくけど」

「種があれば大丈夫です」

馬鹿にして笑ったファルケだったが、種の手配はきちんとしてくれるようだ。ルーナは、これで花を育てることができると胸を撫で下ろした。

ファルケとルーナのやり取りを見ていたユグは、そういえばとルーナに尋ねる。

「花を育てる場所は必要じゃないのか？」

「まずは鉢植えで……と考えています。花の栽培に成功したら、広い場所をお貸しいただけると嬉しいのですが……」

「ああ、わかった」

あっさり許可が下りてしまった。

(ひとまず自分の部屋で育ててみよう。成功したら、ちょっとずつ廊下とかにも花を置いていってみよう)

そうしたら、多くの人に花を見て楽しんでもらうことができる。それから、アティーにも花の鉢植えをプレゼントしよう。もちろん、種を用意してくれるファルケや、こうしてお願いを聞いてくれたユグにもだ。

想像しただけで楽しいルーナは、顔がにやけてしまうのを止められない。

「コーニングでは、花を育てる者を花師と呼ぶそうだな」

「ああ、ならルーナ様がエデルの花師第一号ってことか」

「いえいえいえいえいえいえいえいえいえいえ⁉ 何を言うんですか！ 花師は千人に一人しか合格できない国家試験を突破しないとなれないんですよ⁉ わたくしが花師を名乗るなんて、おこがましいです……！」

コーニング王国の花師ではなくエデルの花師だが、ルーナにとって花師であることに違いはない。恐れ多すぎるので、きっぱり否定しておいた。

「ええ、こまかっ！ もらえる称号はもらっとけばいいのに、面倒な性格してるねぇ」

「………うぅ」

そんなにおちゃらけな性格よりはマシですと、言えたらどんなによかったか。ルーナがにっこり笑顔を見せると、ファルケは「ハハハ」と笑った。

「んじゃまあ、エデルの花師見習いってことでいいんじゃないか？　習うべき花師はいないけど、いいだろ」

「ああ、それでいい」

「はい決定〜！」

今度はルーナが口をはさむ隙もなく、花師見習いという称号を与えられてしまった。いいのだろうか？　と思ったけれど、ファルケを見習ってもらえるべき称号は受け取っておくことにした。

（見習いなら、わたしに丁度いいもんね）

「んじゃ、頑張ってくれよ。……花師見習いさん」

「まあ、飽きるまでやってみればいい」

「ありがとうございます！」

こうして、ルーナはエデル初の花師見習いとなった。


「おはようございます。ルーナ様、種が届いてますよ」

「ん〜、……種!?　本当!?　見せて見せて！」

普段から寝起きのいいルーナだったが、アティーからもたらされた種の情報を聞き、寝台から飛び起きた。

　エデルに来てからのルーナの朝はゆっくりだ。コーニング王国にいたときには、こんな生活を送ることになるなんて想像もつかなかった。

　アティーが起こしにきてくれて、身支度を済ませる。その後はアティーが厨房から食事を運んできてくれるので、部屋でのんびり過ごす。ここ最近はそんな毎日だったが、それが今日、変わるのだ！

（花の世話のために早起き生活しなきゃ！）

　動きやすいように、服はコーニング王国で支給されていたワンピースを選ぶ。

　腰には必要な道具をつけることができて便利なのだ。しかしそれだけでは目立つからとアティーがエデルの上着を用意してくれた。深い青色で、白のフードがついている。シンプルだが、上品なデザインだ。

　ファルケが手配してくれたのは、ルーナがしゃがめば入れてしまいそうなほど大きな木箱だった。

「わたくしが頼んだのは種だったはずだけど……大きいね」

「開けてみましょう」

　アティーが木箱を開けると、種が入った袋のほかにも、植木鉢と土が入っていた。ルーナが部屋で育てるということを話したため、一緒に手配してくれていたようだ。

「わ、種もたくさん入ってる……。灯花に、やすらぎの花……あ、湯の花もある！　これならすぐ始められそう！」

「それはよかったです」

　ルーナはさっそく道具を準備する。ハルムの弟子になって支給されたルーナの道具は、鋏、如雨露、桶、籠、種箱、土箱、ふるい、掘棒だ。道具を見たアティーは、不思議そうに目を瞬かせた。

「これはなんですか？」

「花師道具と呼ばれる、花を育てる道具です」

　花師が使うほどよいものではないけれど、弟子になったときにハルムがそれなりのものを用意してくれたのだ。

　鋏、如雨露は日頃の世話で一番使うことが多いだろう。桶は切り花を活ける際に使用し、籠は摘んだ花を入れておく。種箱には種を保管し、ふるいで土を振るって品質を高めて土箱へしまっておく。掘棒は花壇の土を整えたり、自然に咲く花を採取したりするとき、根っこを傷つけないよう土を掘るのに使う。

　ルーナの説明を聞き、アティーは「花のお世話は大変なのですね」と驚きながらも感心した様子だ。

　まずは土をふるい、鉢植えに入れる。そうしたら種を植えて、水をあげる。ひとまず最初の段階でできるのは、これくらいだ。

ルーナが選んだのは灯花の種だ。明りの役割をする灯花は、人々の生活とは切っても切れない馴染みのある花だ。どんな地域でも育てやすいようにと、大昔の花師たちが改良に改良を重ねている。

「……花が咲くといいですね」

「はいっ」

アティーが鉢植えを見て微笑んだので、ルーナも大きく頷いた。早くアティーに本物の花を見せてあげたいと思う。

コンコンと部屋にノックの音が響き、アティーの肩がびくっと揺れた。ルーナとは問題なく接してくれているけれど、やはりほかの人は苦手なようだ。

「……確認してまいります」

「お願いします」

訪ねてきたのは、ファルケだった。

「どう？　種は無事に受け取った？」

「はい。ありがとうございます」

アティーは少し後ろに下がりながら、肯定の返事をした。しかしファルケが「見せて～」と入ってこようとしたので、慌てて一歩前へ出る。

「ルーナ様のお部屋に男性が入るなんて、いけません！」

「ええ……そんなケチなこと言わないでよ」

「……ファルケ様」

長い前髪の隙間から、アティーの目がギロリと光る。その様子を見たファルケは、慌てて手を振って後ろに下がる。

「わ、わかったよ！　じゃあ、今日も陛下の執務室でお茶会をしよう。確認したいから、種を植えた鉢植えもちゃんと持ってきてくれよ！　じゃあな」

「まあ……」

「ええ……」

言うだけ言って去ってしまったファルケに、ルーナは困惑し、アティーはきょとんとしている。

「………陛下の執務室で、お茶会……」

「それって……もしかして……」

「すぐに支度をいたしましょう、ルーナ様！」

「やっぱりいぃぃ！」

部屋にいるだけならばワンピースで構わないけれど、ユグの前に出るとなれば話は別だ。アティーがさっそく着るドレスを選び始めたのだった……。

「へぇ～、これで花が咲くのか！」

「問題なく育てば、三日ほどで芽が出ると思います」

ユグの執務室、テーブルの上にどーんと鉢植えが置かれた。まだ芽が出ていないので土だけなのだが、ファルケが楽しそうに見ている。ユグも声には出さないけれど、覗き込むようにしているので、少しは期待してくれているのかもしれない。

鉢植えを見た後は、お茶とお菓子が用意された。ほとんどファルケが喋る形でお茶会は進み、最後は「じゃあ、明日も報告に来るように」とファルケの笑顔で終わった。


それからルーナは、毎日ユグの執務室でお茶をすることになった。

そしてあっという間に五日が過ぎた。過ぎたのだが……ユグの執務室に行く前、ルーナは自室で頭を抱えていた。

「……どうしよう、ぜんっぜん！　芽が出ない!!」

エデルという国を、ルーナはあまりに楽観的に見ていたようだ。自生することはなくても、さすがに土と種があれば灯花ならば咲くだろう――と。

（そもそも、花の精の姿が見えてなかったし……）

最初から失敗の予感はあったのだ。落ち込むルーナの横では、アティーが「ドレスが皺になってしまいますよ」と、しゃがんでぐちゃぐちゃになったドレスの裾を整えてくれている。

「やはり、エデルで花を咲かすのは無理なのでしょう」

残念ですねと言うアティーに、ルーナはあからさまに落ち込んでしまう。花を咲かせて、みんなを驚かせたかったのに。

「陛下のところへ参りましょう、ルーナ様」

「……ええ」

アティーと一緒にユグの執務室へ行く間、ルーナはずっと考えていた。どうして芽が出ないのか？　何をすれば芽が出てくれるのか？　もし何か原因があって芽が出ないのであれば、それを取り除けばエデルでも花が咲くのではないか……？　と。

（わたし、ハルム師匠の弟子になって調子に乗ってたのかもしれない……。もっと勉強して、花について学びたい……！）

花を育てると一口に言っても、気候や土の品質、水に含ませるマナの量……様々な知識や技術が必要になってくる。ルーナには、圧倒的にエデルに関する知識が足りないのだ。

（もっともっと、エデルのことが知りたい！）

思い返せば、ルーナはエデルのことを何も知らない。知っているのなんて、国王の養女になった際の勉強で少しだけ教えられた……人間から見たエデルのことだけだ。国は地下にあるだとか、恐ろしい姿をしているだとか、そんな役に立たない情報ばかりだ。

自分たちと違う姿の夜人は、どのようにして生まれているのか。何人くらいの夜人がエデルで暮らしているのか。洞窟の中だが、四季の移り変わるような現象はあるのか……一度考えると、たくさんの疑問が湧いてくる。

ユグの執務室に到着し、いつものようにお茶会が始まる前――ルーナは今しがた考えていたことを話した。

「エデルのことを学びたいなんて言う人間、普通はいないよ？　ルーナ様は変わってるねえ。でも、すごくいいと思う。エデルのことを知ってもらうっていうのは、大歓迎だよ」

真っ先にルーナの考えに反応したのは、ファルケだ。茶化すような言い方だけれど、瞳だけは真剣にルーナのことを見ている。

アティーも、「とてもよいと思います」と嬉しそうだ。

（肝心の陛下はどうだろう……）

そう思ってユグに視線を向けると、手にしたティーカップが傾いてお茶がこぼれていた。

「陛下⁉」

ルーナが慌てて声をあげると、ファルケもそれに気づいて、「ちょっ！」と笑っているが笑っている場合ではない。すぐにルーナがこぼれた紅茶を拭いて、事なきを得た。

「いや、すまない。驚いてしまっただけだ……。学びたいなら、ルーナの好きにして構わない」

「ありがとうございます！」

ユグにもすんなり許可をもらうことができて、ルーナの顔が自然と笑顔になる。これで、エデルで花を咲かす手掛かりを摑めるかもしれない。

　エデルについて学ぶ許可が出たので、あとは勉強方法をどうするかだ。コーニング王国にいたときのように教師を手配してもらえたらいいかもしれないが、ルーナが人間だということを考えると難しいだろう。廊下を歩いていると、まだ睨みつけてくる夜人が多いのだ。

（アティーに教えてもらうのがいいかな？　でも、そうするとアティーの仕事が増えちゃうよね……）

　毎日、おはようございますからおやすみなさいまで、アティーはルーナの側に控えている。侍女なのだから当然だと言われたらどうしようもないが、交代要員がいないというのはとても大変だと思うのだ。

　ルーナがうんうん悩んでいると、ユグから「書庫を使うといい」と告げられた。

「書庫は人の出入りが少ないから、ルーナが行っても問題はないだろう。居づらいようなら、貸し出し手続きをして部屋で読んでも構わない」

「ああ、それはいいね！　あそこは静かだし、ルーナ様も気に入ると思うよ」

「はい！　ありがとうございます！」

　エデルの書庫であれば、いろいろな本があるだろう。それこそ、歴史や街の作りなど、ルーナが知りたいことが全部わかるかもしれない。

　嬉しそうなルーナを見たアティーが、「さっそく行ってみましょう」と微笑んでくれた。

ルーナとアティーが書庫へ行くために退室したあと、ファルケは我慢していたとばかりにぶふうっと噴き出した。

「いやあ、まさかユグがお茶をこぼすとは思わなかったぜ!!」

「うるさいぞ、ファルケ。驚いたんだから、仕方がないだろう!!」

ユグは先ほどまでの落ち着いた様子とは打って変わって、声を荒らげた。そして自分の行動が恥ずかしくなり、ソファの上に膝を抱えて座ってしまう。本人は小さくうずくまっているつもりだが、二メートルの巨体なので逆に存在感が増している。

「だってさ、エデルのことを知りたいって言ったんだぞ……？　人間がエデルを知りたいなんて、ありえないだろ。こんな姿をしてる俺たちに興味なんて、普通は持たないだろ？　気味悪がられることなら、しょっちゅうあったけど……」

「出た出た、ユグのネガティブ～～！」

「お、俺は真面目に言ってるんだぞ！」

「はいはい、嬉しかったんですネ」

「～～～っ！　はあ、もういい」

ぷいっと拗ねてしまったユグを見て、ファルケは声をあげて笑う。ルーナやアティーがいる前では、とてもではないがこんなやり取りはできない。

ユグとファルケはいわゆる幼馴染みのような関係で、小さな頃から一緒にいることが多かった。ユグが王に即位した際も、ファルケは横にいた。

　そしてファルケは、ユグが自身の出自に劣等感を抱いていることも知っている。それを、花を咲かせるのだと言った姫が少しでも和らげてくれたら――と、そんな風に思ってしまっているのだ。

「私は嬉しかったですよ？　コーニングへ行ったとき、ユグが人間の少女に花をもらったとはしゃいでいたのが」

「はしゃいでなどいない！　悲鳴をあげられなかったと言っただけだ！」

「う～ん、記憶にございませんね……」

「ファルケ！」

　ちゃらけたやり取りのあとで、ファルケは「そうそう」と言って一枚の書類を取り出した。

「ルーナ様の身辺調査の結果が出たぜ。なんというかまあ、人間のやりそうなことだな」

「………和平を結ぶ三ヶ月前に国王の養女に？　これでは、姫としての価値はないじゃないか」

「今はコーニングも疲弊しているから、和平を破るようなことはできやしない。けど、復興したらどう出るか……。今の内から対策はしておいた方がいいだろうね」

　エデルに来たのがルーナではなくて本来の王族であったのならば、エデル側もある程度の保証はあると考えていた。しかし、ルーナのような平民を都合よく養女にし、姫として差し出してきたのだ。いつ切り捨てても構わない、そういう思惑なのだろう。
和平を結んだというのに、まだまだ厄介ごとは多そうだと二人はため息をついた。

ルーナがエデルに来てから、三ヶ月ほどが経った。ここ最近は毎日、朝から晩まで書庫にこもっている。
エデルの書庫は、王城の西側の離れにある。
とても静かな塔で、一階の壁は一面が書棚になっており、二階は読書スペースになっている。最上階に当たる三階は、司書の休憩室になっているそうだ。塔内は薄暗いけれど、本を読むための机には魔道具の明かりが設置してあるため不便はない。
入り口には物静かな男性司書がいるが、特に声をかけてくることはないし、ルーナのことを睨んでくることもなかった。

「もう少しで読み終わってしまいそうですねぇ」
アティーの言葉を聞いて、ルーナは確かに……と思う。この書庫は、それほど蔵書数が多いわけではない。さすがに王城の書庫にしては少ないのでは？　と思ってしまったけれど、エデルでは本が手に入りづらいのかもしれないとルーナは気にしなかった。

初めは勉強不足で本を読むことに苦労したルーナだが、アティーが単語などを丁寧に教えてくれて、今ではスムーズに本を読めるようになった。

エデルの歴史が書かれた本。それから、エデルの地図も置いてあった。エデルは王城が一番奥にあり、その眼前に広がるのが王の直轄地だ。その南、西、東に街があり、そこを束ねる長がいるそうだ。

「……でも、花や植物に関する本は一冊もないんだね」

「そういえばそうですね……。やはり、エデルでは育たないから意味がないと思われているのでしょうか？」

「それはそれで悲しいねぇ」

エデルは地下にあるけれど、土はある。ならばせめて、土に関する本くらいあってもいいのでは!?　と、ルーナは思ったのだ。

「そういえば、ルーナ様は地上でどのような花を育てていたのですか？」

「わたくしは……両──えーっと、幼いころに花師のことを教えてくれてた人がいるんだけど、その人は治癒の花に関する研究をしてたのね。わたくしは、それを続けたいと思っているの」

うっかり両親と口にしてしまうところだった。危ない。ルーナは慌てて訂正して、幼いころのことをアティーに話した。

「治癒ですか……それは、素晴らしいですね」

アティーは「戦争で傷を負った者が助かります」と微笑んだ。ルーナも、そういった人たちの助けになればいいと思っている。

ルーナが本を読み終わって置くと、すぐにアティーが次の本を取ってきてくれる。

しかしその前に休憩とばかりにルーナは席を立つ。そのままぐーっと伸びをすると、座って本を読んでいた体がほぐれていくのがわかる。首を回すと、かなり肩が凝っているということもわかった。

普段は体を動かして働くことが多かったルーナは、こんなに集中して本を読んだのは初めてだ。

それを見たアティーはくすりと笑って、「本日はもうお部屋に戻りますか？」とルーナに問いかけた。

「うーん……」

今日はもう読むのをやめるか、貸し出し手続きをして部屋でのんびり読む、という手もある。ルーナは悩みつつ、少し塔の中をうろうろする。ここは二階の読書スペースなので書棚はなく、広い空間のなか、壁には絵が数枚かかっているだけだ。

飾ってある一番大きな絵は誰かの肖像画のようで、ルーナの背丈より少し大きい。描かれているのは手の部分が鳥の羽になっている人物で、夜人だということは一目でわかる。

（……空を飛べたりもするのかな？）

絵を見て、それも楽しそうだとルーナは思う。もし自由に空を飛ぶことができたら、貴重な花が咲いている場所までひとっ飛びだ。崖に生えている花だって、簡単に採取できるだろう。

「その絵は、書庫を創設した方の肖像画らしいですよ」

「書庫の創設者!?　ここって、いつ頃からあるの？」

「数百年は経っていると思いますが、わたくしも詳しいことは存じません」

アティーが生まれる前からあるようなので、確かに興味を持たなければ知らないだろうとルーナも思う。

「この絵も、ずっと昔の絵なのかな……。何で着色してるんだろう？」

コーニング王国では、花などの植物から着色料を作ることもあった。しかしエデルには花がないので、輸入するか代用品を使うしかない。戦争している期間が長かったことを考えると、あまり着色料を手に入れる機会はなかったかもしれない。

ルーナが考えていると、その答えはアティーが教えてくれた。

「鉱石から絵の具を作っているんですよ。今はそうでもないですが、昔は技術が拙かったこともあって、鉱石の粒が混じっていることが多かったそうです。近くで見るとわかると思います」

「へぇ……！」

アティーの言葉を聞いて、ルーナは絵をじっと見つめる。着色料に含まれる鉱石の粒が大きいほど、昔に描かれた絵ということらしい。着色料から描かれた絵の年代がわかるのかと、ルーナは感心する。

「確かに、この絵はよく見ると表面がゴツゴツしてるね」

「その絵に使われている鉱石はですね、すべてエデルで採掘されているんですよ」

「すご——わわっ！」

「ルーナ様！」

もっとよく見ようとルーナが顔を近づけようとしたら、床の木の板が少しずれていて、つま先をひっかけてしまった。どうにか堪えようと踏ん張ってみたが駄目で、ルーナは咄嗟に目の前の絵に手をついてしまった……！

「ああっ、貴重な絵が——えっ⁉」

しかし絵に触れてしまったことに驚くよりも先に、絵が動いたことに驚いてしまった。絵はくるりと反転し、ルーナの体は奥にあった部屋へと転げ込んでしまう。

「いてて、って、ここは……？　書庫の、奥？」

ルーナははっと息を呑んだ。絵だと思っていたものは、隠し扉だったようだ。

壁一面が書棚になっていて、所狭しと本が並んでいる。しかしそれでは入りきらなかったようで、いたるところに本の山ができている。

その本を照らすのは、蝋燭だ。エデルに来てからは魔道具の明かりばかり見ていたので、とても珍しい。コーニングでは灯花が使われるので、ルーナは蝋燭を見るのはほとんど初めてだ。

周囲を見回していると、「お客さんかい？」という穏やかな声がした。

「……っ！　ご、ごめんなさい！　勝手に入るつもりはなかったんです……！」

「ああ、別に怒ってはいないよ」

そう言ってルーナの前に姿を見せたのは、司書の上着をゆったり着ている青年だった。

両手が鳥――梟の翼になっている夜人だ。綺麗に切りそろえられた茶色の髪に、橙色の瞳。すらりとした体型で、によによした口元が印象的だ。

「僕はヨトト。この書庫の管理人……といったところかな？」

「え、と……わたくしはルーナです。書庫で本を読んで、勉強していたんですが……その、転びそうになって絵に手をついたら回転してしまって……っ！」

ルーナが故意ではないことを必死に告げようとすると、ヨトトは笑った。

「ほほ～、まさかそんな偶然でここを見つけられるとは思いもしませんでした」

「あ、あははは……」

ヨトトの言葉に、ルーナはなんだか恥ずかしくなる。別に何かしたわけではないのだけれど、ずるしたのを見つかってしまったような気分だ。

ルーナは気を取り直して、ヨトトにここのことを尋ねる。

「すごい数の本ですね。表の書庫より、ずっと本が多い……」

「そうですねぇ。ここはエデル建国時からのいろいろな本がありますよ。王たちの争いの記録や戦争、エデルで花を咲かせようとした試みに、人間を招待した記録とか……なんでもありますね」

「花の本があるんですか⁉」

あげられた本の内容に、ルーナはすぐさま食いついた。あったらいいのにと思っていたのに、一冊もなかった花に関する本がこんなところにあったなんて！　ルーナが目を輝かせると、ヨトトは「花に興味があるのかい？」と言いながら、積まれた山から数冊の本を取り出してくれた。

筆跡の違う本を見て、過去に何人もここで花を咲かすために奮闘していた人がいることがわかる。

「うわ、うわあぁ……！　読んでもいいんですか⁉」

「ルーナが知識を求めてここへ来たのなら、構わないよ。心行くまで読んでいい。だけど、ここの本は持ち出し禁止だから、それは忘れないようにしてね」

「はいっ！」

ルーナは元気いっぱい頷いて、ヨトトから本を受け取った。読書スペースがないばかりか、通路以外は本があふれているので、その場で座って読むことにした。ページをめくると、エデルのどんな場所で花を育てようとしたのかの記録だった。

（すごい！　これだけ試したのなら、どこかしらで花が咲いたんじゃない⁉）

夢中になってルーナが読み進めるのを見て、ヨトトは思わず頰が緩む。こんなにも本に熱中する人を見るのは、久しぶりだ。

そしてヨトトは、ふと耳に「ルーナ様～！」という声と壁を叩く音が聞こえてくることに気づく。どうやらルーナを捜しているようだ。

「驚きすぎて、付き人の存在を忘れてしまったようですね」

クスリと笑い、ヨトトはルーナが入ってきた隠し扉を開いてやる。そこにいたのは、もちろんアティーだ。

扉がくるんと回転したのを見て、「きゃっ」と声をあげた。

「……っ、だ、誰ですかっ⁉」

「司書のヨトトです」

「ヨ、ヨトト様……ですか……」

アティーは見知らぬ人物の登場に及び腰だ。が、すぐにルーナを見つけて庇える位置に移動したので、ヨトトはいい侍女だとアティーのことを評価する。

「ここは秘密の書庫でしてね。あなたの主の来訪があったため許可は出しますが、ここのことは内密にお願いいたします。……ああ、もちろん陛下とファルケは知っていますよ」

「そ、そうなのですか……？　でも、そうですよね。でなければ、こんなところに書庫があるわけありませんもの」

何か事件が起こったのだと思ったアティーは、安堵して大きく息をついた。

「ああっ、アティー！　ごめんなさい！　ここに花の本があって、そっちに気を取られちゃったの……‼」

「いいえ。ご無事で何よりです、ルーナ様。花の本が見つかってよかったです」

「うん」

ここの本が持ち出し禁止であることを説明し、ルーナは明日以降もアティーと一緒に通うことに決めた。ヨトトも「本が好きで勉強熱心な方は大歓迎です」と笑顔で許可を出してくれた。

「へえ、ルーナはコーニングで治癒に関する花の研究をしていたんですか」

「研究というほどではないんですが……ゆくゆくは、そんなことができたらいいなと思っていたんです」

ルーナとアティーは花の世話をしてから、ヨトトの書庫へ来るのが日課になっていた。ヨトトの書庫で読む本は、どれも興味深いものだった。わからないことがあれば、ヨトトがすぐに参考資料を渡してくれたり、疑問点を教えてくれたりする。ヨトトは蔵書の内容すべてを覚えているらしい。

「確か、治癒の花に関する走り書きがあった気がしますよ」

「え、本当ですか？」

そう言って、ヨトトは紙束の山から一枚の紙を引き抜いた。本当にどこに何が書かれているのか覚えているようだ。

ルーナは「ありがとうございます」と言って紙を受け取って読んでみる。そこには、花の種の配合に関するメモなどが書かれていた。新しい種を作るために、研究していたみたいだ。

「すごい。わたくしが知ってる花の種と作り方が似てます。でも、氷花をかけあわせる方法があるなんて……勉強になります！」

「気になるようでしたら、書き写すのは構いませんよ」

「！　ありがとうございます！」

何回か読んで覚えなければと思っていたので、ヨトトの申し出はありがたかった。ルーナはアティーに筆記用具を用意してもらって、さっそく書き写させてもらった。

ルーナが一段落したのを見計らって、ヨトトが「研究は長くされてるんです？」と首を傾げた。

「新しい花ができるには、長い時間が必要だと本に書いてありましたから」

「そうですね。一生かけても作れず、次の世代に託される花もありますよ」

「そんなにですか……」

ヨトトの驚きに、ルーナは頷いて応える。かくいう自分も、両親が遺した種を咲かせたいという思いがある。それも、託されたものだとルーナは考えている。

「今できている治癒の花は、だいたい……これくらいの大きさの傷ならすぐに治ってしまうという、魔法の花です」

そう言って、ルーナは自分の人差し指の長さを示した。だいたい十センチ弱といったところだろうか。

「ほほおぉ～、書物で読んだことはありますが、地上には本当にそのような花があるのですね。すごいです。夜人はマナを使いなんでもできると思われがちですが、治癒はできないんです。ですから、それが花でできるのはすごいですよ」

「ええ、本当に」

ヨトトの言葉にアティーが同意する。

治癒の花はコーニング王国でも珍しく、ルーナの両親が長年研究を続け、やっと開花させたものだ。

ルーナはその花の育て方を知っていたので、王宮の庭園でも育てていたのだが……クローヴィスの養女になったことにより、花壇をそのまま放置したかたちになってしまっている。何度か世話や片付けをしたいと頼んだのだが、結局許可は下りなかった。一応、誰かしらが処理をする、という話は聞いたけれど……。

(そういえば……小さいころ、何度も王宮からお母さんたちに手紙が来ていた気がする)

すっかり忘れていたが、確か母が「王宮で花を育てろって、何度もしつこいのよ」と愚痴をこぼしていた。

（あれ？　待って？　もしかしてそれって、王宮花師になれってことだったんじゃないのかな……？）

　あのときは何も思わなかった、というか、幼いゆえにまったく理解できていなかったが、今考えると王宮花師になれというものだったのだと思う。王宮花師はすべての花師の憧れだと思っていたルーナは、目が飛び出そうなほど驚いてしまった。

「どうしたの？」

「ルーナ様？」

　一人で驚きだしたルーナを見て、ヨトトとアティーが不思議そうに首を傾げた。ルーナは今しがた自分が考えたことを両親ということは伏せて話して、改めて両親の凄さを自覚したのだと告げる。

「まあ……。ルーナ様に手ほどきをしてくださった方は、凄い花師だったんですね」

「そうみたいです。でも、花を求めて西へ東へ……一ヶ所に落ち着いているような人ではなかったんですよ」

「楽しそうでいいじゃないか」

「はい」

　今日は読書よりも、ルーナと花、そして自分の親だと告げることはできなかったけれど、両親の想い出話をする時間の方が長かった。

しんと静かな夜。ルーナは寝台に潜(もぐ)り込んだ。アティーもすでに上がって自室へ戻っている。エデルの夜はとても静かだ。

(夜人っていうくらいだから、夜に活動的になるのかな？　なんて思ってたけど、そうでもなかったみたい)

そんなことを考えて、ルーナはクスリと笑う。今日は一日楽しいことだらけだったけれど、両親のことを思い出したのもあって、今は少ししんみりした気分になっている。

「……まだ花は芽すら出ないけど、今度はエデルの土を使ってみよう。もしかしたら、今使ってるコーニングの土より合うかもしれない」

そうしたら次は、今日見せてもらった走り書きにあったことも研究していきたいと思っている。今までルーナが思いつかなかったことなので、考えるだけでもワクワクしてしまうのだ。

(……ちょっと書き写したやつを見てみようかな？)

いてもたってもいられなくなって、ルーナはそっと寝台から下りた。そして昼間書き写させてもらったメモを手に取り——絶句した。

「これ、わたしが書き写したやつじゃなくて原本だ!!」

ルーナの顔がさああっと青ざめる。ヨトトの書庫にあるものは、持ち出し禁止だと言われている。それをうっかりとはいえ、持ってきてしまったのだ。

「どうしよう……。そうだ、すぐに返しに行こう！」

明日、理由を話せば別にいいと笑って許してくれるかもしれないが、そうではないかもしれない。みんな優しいので忘れてしまいがちだけれど、ルーナはコーニング王国からの人質という体でエデルに来ている。

ルーナの行動一つで、エデルにも、コーニング王国にも迷惑をかけてしまう。もし何かあれば、侍女のアティーも罰せられてしまうかもしれない。

（そんなの駄目だ！）

ルーナは急いで着替え、書庫へ走った。


「ふんふんふ〜ん♪　お、今日の茶葉は当たりですね」

ヨトトはお茶を淹れると、「こちらへどうぞ」と手招きをする。

「そんな隅っこに座って、本も読まずに楽しいですか？　ああもう、横に積んである本が倒れるじゃないですか。こっちに来てください」

「別にいいだろ、俺なんかどこにいたって……」

「よくありませんよ。せっかくお茶を淹れたんですから、味わってください」

「…………」

沈黙で返したのは、黒髪の青年だ。ヨトトは肩をすくめて、「仕方ありませんねぇ」と諦めモードになっている。

真夜中のヨトトの書庫には、毎夜この青年が訪ねてくる。

とはいえ、二人で何かをするわけではない。深い夜の時間をなんとなく過ごし、ときに雑談をし、たまに本を読む。そうして朝がくるまで、なんとなくここにいるのだ。

青年の返事がなくても構わないと思ったのか、ヨトトは言葉を続ける。

「そういえば、最近変わったことはありませんか？」

「…………」

「なんでも、少し前にコーニングのお姫様を迎えたそうですね。昔のように、花嫁にはされないのですか？」

「……しない」

今度は青年から返事があった。しかし返事には抑揚がなく、関心がない――いや、関心がなければ返事すらしていないだろう。つまり青年は、どこか諦めているのかもしれないとヨトトは思う。

「相変わらずの低評価っぷりですねぇ。もう少しご自身の評価を上方修正してはどうですか？」

「どうやったらそんな修正ができるのか、俺が知りたいくらいだ。……こんな半端者な俺が――ぶっ！」

しかし青年が言葉を続けようとしたら、後方の隠し扉がバァン！　と勢いよく開いた。ちょうど隠し扉の前に座っていた青年は、回転した扉の縁に頭をガンと打ちつけられてしまい、その場でうずくまる。

「大丈夫ですか⁉」

ヨトトが慌てて青年に駆け寄ると、「え、人がいたの⁉」と第三者の声が響いた。

ルーナは間違って持ちだしてしまった原本を返そうと、ヨトトの書庫にやってきた。さすがに真夜中だから誰もいないだろうと思っていたが、人がいたようだ。しかも、ルーナが開けた扉に頭をぶつけたのは、ヨトトの客人のようで……。

「きゃー！　ごめんなさい！　まさかこんなところに人が座っているとは思わなくて！　本当にごめんなさい！」

ルーナは挨拶をする前に、何度も頭を下げて謝罪の言葉を口にする。それを見たヨトトは声を殺すようにして笑って、青年は「やっぱり俺はこんな役回りがお似合いだ」とブツブツ言っている。

その光景を見て、ルーナはぽかんとする。

「ええと……？」

なんと言ったらいいかわからずに、ルーナの視線は自然とヨトトへ向く。すると笑い終わったヨトトが軽く手を振った。

「大丈夫だよ。それよりも、こんな夜中に一人でここへ来るなんて……何かあった？」

「あ……そうだった」

ルーナはここへ来た目的を思い出し、急いで原本を取り出す。そして勢いよく頭を下げて、ヨトトに差し出した。

「すみません！　わたくし、自分が書き写したものと間違えて原本を持って帰ってしまったみたいで……。先ほど気づいて、慌てて返しにきたんです。ごめんなさい……」

「ああ、そうだったのか」

ヨトトは原本を受け取ると、近くの棚に収めた。

「ごめんね、僕が持ち出し禁止って伝えたから、慌てさせちゃったね」

「いえ。うっかりしていたのは、わたくしですから。ちゃんとお返しできてよかったです」

無事に返却できたことに胸を撫で下ろすと、ルーナはお客様が来ていたことを思い出す。間違いなく、邪魔をしてしまっただろう。しかもルーナのせいで怪我もさせてしまった。

「あの、あのっ、頭は大丈夫ですか？　たんこぶになってるかもしれません」

怪我の治療をした方がいいとルーナは慌てるが、青年は「これくらい、もう治った」

と告げる。

「え、本当ですか？　すごい。夜人の方は回復力もすごい……？」

しかしルーナは青年を見て、首を傾げる。外見が人間とまったく一緒だったからだ。ファルケのように冷気を肌で感じるとか、そういったこともない。

ルーナの視線を感じたからか、青年は膝を抱えるように座って顔を伏せてしまった。

「どうせこんな姿だよ」とブツブツ呟いているので、人間らしい外見を気にしているのかもしれない。

「ああっ、ごめんなさい！　わたくしったら、不躾に見てしまって……！」

「ルーナ様は気にしなくて大丈夫だよ。元々自信がなくて、そういう性格なだけだから」

「え、ええと……」

フォローなのかわからないヨトトの言葉に、一応ルーナは頷いておく。とりあえずこの青年が自虐的らしいということだけは理解した。

(夜人のことは、まだわからないことも多いけど……人間として見れば、すごく格好いいと思うのに)

自身を卑下するどころか、ルーナだったら毎日がハッピーだろうなと思う。

「僕としては二人が仲良くなってくれたらいいなって思うんだけどねぇ」

「本当ですか？　わたくしは……友人ができるのは嬉しいですけど……」

ルーナがエデルで知っている人といえば、王であるユグを始め、ユグの側近のファルケ、侍女のアティー、書庫の名前も知らない司書と、ヨトトだけだ。なんと知り合いの人数が片手で足りてしまうのだ。

なので、ルーナとしては願ってもない申し出なのだ。ただ、青年がまったくといっていいほど乗り気ではないので、難しそうだとも思う。

ルーナがどうしたものかと考えていると、青年の視線がちらりとこちらを見た。

（ちょっとは仲良くしてくれる感じ……？）

まったく懐かない猫が少しだけ気を許してくれたような感じがして、無意識のうちにルーナの頬が緩む。

が、すぐにまた顔を隠されてしまった。

「う～ん。仲良くなるには時間か事件でも必要かな？」

「時間はともかくとして、事件は物騒ですよ……」

笑うヨトトにルーナはツッコミを入れて、今日は用事も済ませたので部屋へ戻ることにした。

「明日も午前中は花の世話をするので、さすがに寝ようと思います」

「ああ、そうだね。でもルーナ様を一人で戻らせるわけにはいかないから、ちょっと待って。今、アティーを呼ぶから」

「え」

アティーはもう自室で休んでいるはずなので、それを起こして迎えに来てもらうのは申し訳なさすぎる。ルーナはぶんぶん首を振って、「大丈夫です！」と声をあげる。

「一人で平気です。ここに来るときも誰とも会いませんでしたから。アティーはもう休んでいるはずなので、寝かせてあげてくださいっ！」

「うーん……そう？　じゃあ、気をつけて戻るんだよ。それから、今度は何かあっても翌日でいいから。供もつけずに出歩かないように」

「はいっ、ありがとうございます！　ヨトト様。それからお兄さん……？　扉をぶつけてしまってすみません。おやすみなさい」

　ルーナはペコリと頭を下げて、ヨトトの書庫を後にした。


「は～、まさかヨトト様以外の人がいるなんて、びっくりした！」

　全然話はできなかったけれど、ヨトトの書庫にいたのだから、もしかしたら地位のある人物なのかもしれない……と、ルーナは今になって思う。

（失礼になってないといいけど……）

　そう思ったが、初対面で隠し扉を頭に当ててしまったことを思い出してルーナは自己嫌悪に陥る。いくら急いでいたとはいえ、今度からはもっと動作に気をつけて優雅にしなければいけないだろう。

　もしも人間を嫌っている夜人だったら、ルーナは生きていなかったかもしれない。そう考えて、ぎゅっと自分の体を抱きしめる。

そんなことを考えてしまったからか、ふいに真夜中の廊下が恐ろしく感じられた。書庫へ向かうときは原本を返すことだけ考えていたが、それがなくなってしまえばただの暗い廊下だ。

（……早く部屋に戻ろう）

そして寝台に入る前に、アティーが用意してくれている水差しから水を飲んで、朝までぐっすり眠（ねむ）ってしまおう。

しかしそんなことを考えていると、コツン、と足音がルーナの耳に届いた。どうやら誰かが近くにいるようだ。

（え⁉　どうしよう……！）

ルーナ一人で部屋の外を歩く許可は出ていないので、見つかってしまうと厄介なことになってしまうかもしれないし、ルーナを嫌悪している夜人かもしれない。そうなれば、無事に部屋へ戻れるかもわからない。

（どこか、隠れる場所は……）

キョロキョロ辺りを見回して、ルーナは大きな壺（つぼ）が飾られている台座があることに気づく。あれならば、かがんで陰に隠れればやり過ごせるかもしれない。

「ふー……」

ルーナは小さく息を吐（は）いて、足音の主が立ち去るまで身を縮こまらせる。どうか何も起きませんように、そう祈（いの）っていたのだが……ふいに足音がピタリと止まった。

（えぇぇぇ、どうして⁉）

予想外の展開に、ルーナの心臓がバクバク音を立てる。

（お願いだから、早くどこかに行って……！）

しかしルーナの祈りも虚しく、自身に影が落ちた。足音の主がルーナを覗き込んだのだということに気づき、身を硬くする。

「なんだ、こんなところにいたのか」

「え……？」

ルーナに声をかけてきたのは、ヨトトの書庫にいた青年だった。青年はバツが悪そうにしつつも、「行くぞ」と告げる。

「……この時間に一人で出歩かせるのは心配だからな。部屋まで送っていく」

「え、あ……ありがとう、ございます……」

青年は照れているのかなんなのか、ルーナの礼には特に反応しない。それどころかスタスタ歩き始めてしまったので、ルーナは慌てて追いかける。

「あの！　わたくしはルーナです。お名前を伺ってもいいですか？」

「ユ――ユズだ」

「ユズ様、ですね」

名前を教えてもらえたことが嬉しくて、ルーナはユズに話しかける。

「ヨトト様の書庫にはよく来られるんですか？　その、初めてお見掛けしたので」

「………俺は夜に行くんだ」

「！　そうなんですね」

　夜に書庫を訪ねる客人だったようだ。それでは会ったことがなくて当然だとルーナは納得する。ルーナが行くのは、花の世話が一段落した午後の時間が多いからだ。夜に行くことはまずない。

「普段は何をされているんですか？」

「……着いたぞ」

　ルーナがさらに質問をしようとしたら、もう部屋に着いてしまった。

（うう、もっと話をしたかったのに……）

　廊下で立ち話をするわけにもいかないだろうと、ルーナはがっくり肩を落とす。せっかく知り合いになれたのだからもっと話したかったが、こんな時間に男性を自室に招くわけにもいかないし、勝手にそんなことをしたらアティーが怒りそうだ。

「……？」

　ルーナの態度を見たユズが、不思議そうに首を傾げる。

「あ……。もう少し話をしたいなって思ったんです。……部屋に着くのがあっという間でしたね」

「は、話を……？」

　何を言っているんだ？　とでも言いたげな様子で、ユズは眉間に皺を寄せた。どうやら、自分ごときが話をしたい対象になるとは思わなかったみたいだ。

「わたくしは、ユズ様と仲良くなりたいと思っていますよ？」

「――‼」

ルーナの言葉に、ユズの肩がわずかに揺れた。まさかこんな素直に好意を口にされるとは思わなかったようだ。

「だ、だが……俺は見ての通り、夜人として不出来だ。関わり合いになっても、いいことなんて何もないぞ？　こんな姿、誰にも見せたくないくらいだ」

どうやら自身の夜人としての容姿を気にしているらしいユズは、ルーナに不利益があるかもしれないと心配もしてくれているようだ。好意を示されるのに慣れていないからか、心なしか耳が赤い。そんなユズを見て、ルーナはクスッと笑って首を振る。

「わたくしに夜人の美醜の基準などはわかりませんが……ユズ様は格好良いですよ？」

「な……っ⁉」

ユズの耳がさらに赤くなってしまった。

「………っ、はあぁ。そういうことは、簡単に言うものではない」

「ええと、すみません？」

ルーナがとりあえず謝罪を口にすると、「もう言うなよ」とユズが念押しをしてきた。

よほど恥ずかしかったようだ。

（なんというか、ユズ様って可愛い感じの人なんだなぁ）

ルーナがふふっと笑うと、ユズは視線で扉を示した。どうやら早く部屋に入って休めということらしい。さすがにこれ以上廊下に長居するわけにもいかないので、ルーナは素直に頷いた。

「送っていただきありがとうございました」

「構わない。それじゃあ」

「おやすみなさい！」

ルーナが手を振って見送ると、ユズは立ち去りつつも軽く手を上げてくれた。

「ふああぁぁ……」

「あら、寝不足ですか？　ルーナ様」

クスクス笑うアティーに、ルーナは「アハハ」と笑って誤魔化す。昨夜はヨトトの書庫へ行っていたため、いつもより睡眠時間が短いのだ。

「スッキリするお茶をご用意いたしますね」

「ありがとう、アティー」

ルーナはアティーがお茶の用意をしている間に、花の世話をする。世話といっても、発芽していないのでできることはないのだが……。

（次はどんな方法を試してみようかな。花の精も見えないから、根本的に何かが間違ってるのかな……？）

う～んと悩むが、そう簡単に解決すれば苦労はしない。ヨトトの書庫で勉強しつつゆっくり模索していくしかない。なんせ、今は時間だけはたくさんあるのだから。

「ルーナ様、お茶の用意ができました。ゆっくりされてはいかがですか？」

「そうします」

ソファに腰かけてお茶を飲み、ほっと一息つく。すると、ルーナの脳裏に昨夜のことが蘇る。

（結局、あのユズ様って何者だったんだろう？）

珍しく自分に殺意を向けない人だったので、ルーナとしてはぜひ仲良くなりたいのだ。目指せ、エデルでの友達百人！　だ。

（だけど、夜にしかいないんだよね？　わたしじゃ夜に出歩くのは難しいし……。そもそも、毎日来てるのかな？）

花の世話を終わらせたルーナは、お茶をするためにユグの執務室へ来ていた。最近は書庫に行くことが多かったが、報告も兼ねたお茶会は度々行われている。

「ルーナ様がエデルに来てから結構経ちましたが、不便なことはありませんか？　もしくは、必要な物が出て来ていれば手配しますよ」

お茶を一口飲んだファルケがそう言ってくれたが、ルーナは今の生活に満足していてほしいものは特にない。

「今は勉強することが楽しくて、ほかにほしいものが思い浮かばないです。部屋も綺麗に整えてもらっていますし……」

むしろ贅沢すぎでは？　と言いたくなってしまうほどだ。特にドーラのもとで生活していたときと比べたら、天と地ほどの差がある。自慢ではないが、ルーナはどんな環境でも図太く生きていけると思っている。

そんなルーナを見て、アティーがクスクス笑う。

「ルーナ様は我が儘を言われませんから」

「……不満がないならいいが、別に遠慮する必要はないぞ？」

あまりにルーナが何も望まないからか、ユグまでそんなことを言う。

（わたしは本当に満足してるんだけどなぁ……）

そう思いつつも、自分のことを気遣ってもらえることは純粋に嬉しかった。それに、花を育てたいと告げたルーナに、種や土などいろいろ手配をしてもらっている。それだけでも十分我が儘を聞いてもらっているとルーナは思っている。

すると、ユグが「コホン」と咳払いをしてルーナを見た。

「その……書庫はどうだ？　役に立っていればいいのだが」

「はいっ！　自分の無知がとても恥ずかしいのですが……すごく勉強になっています。書庫へ行く許可をくださって、本当にありがとうございます」

嬉しそうに話すルーナに、ファルケとアティーの頬が緩む。しかしユグは、別のことが気になっているようだ。

「……あー、ほかの夜人に何か嫌なことをされたりしていないか？」

「全然！　書庫への行き来はアティーがいるので、誰かと話をすることもないですし……。司書の方は、雑談とかはしないですが、わたくしに嫌な顔もしませんよ」

書庫にいる人はみんないい人です！　と、ルーナが笑顔で告げる。

「あ、そうでした。書庫でほかの方に会ったのですが……わたくしに対して普通に接してくれて、雑談したりしたんです。ふふっ、とっても楽しかったです」

ルーナが思い出したのは、ヨトトとユズのことだ。二人はルーナを見ても嫌な顔一つせず、人種の違いなどないように接してくれる。それがとても嬉しかった。

「そ、そうか……」

ユグがどこか決まりの悪そうな返事をすると、ファルケが「あの書庫を使う人がいるんですねぇ」と感心したように言う。

「ほら、蔵書も少ないからあまり利用者がいないじゃないですか」

「確かにそうだな……」

書庫に行く夜人はいるが、ほとんどが貸し出し手続きをして自室で読んでいるはずだ。

「ユグ様はあの書庫の本はすべて読んでしまったんですか？」

「量が多くないからな。昔に読み終わった」

ルーナの問いかけに、ユグは頷いた。やはり数が少ないため、読み尽くしてしまっているようだ。

（ヨトト様の書庫の本も読んだのかな？）

そう思い首を傾げるが、ヨトトはあの書庫のことはユグもファルケも知っていると言っていた。なので、きっと読み切っているのだろう。

（よしっ、わたしも頑張って読破するぞ！）

ルーナは心の中で「えいえいおー！」と気合いを入れた。

「こんばんは」

「……なんでルーナがいるんだ」

——夜。ヨトトの書庫を訪れたユズが、床に座って自分に手を振っているルーナを見て眉間に皺を寄せた。

「そんな嫌そうにしなくても……。夕方からずっと本を読んでいたんです」

「…………」

ルーナが話しかけてみるも、ユズは視線をさ迷わせ、離れた場所に腰を下ろした。もちろん床だ。

そんな二人を見たヨトトが、「ホホホ」と笑う。

「お茶でも淹れましょうかねぇ」

「あ、手伝います！」

ヨトトが茶器を用意して、沸かした湯でお茶を淹れる。ルーナはティーカップを見つけて、それを並べる係をした。

「別にお茶なんていらないが……。俺はこの隅っこで静かにしてるからほっといてくれ」

「………」

まさかそんなにそっけない態度をとられるとは、とルーナは瞳を瞬かせる。昨日送ってもらって、少しだけ仲良くなれた気がしたのに。そしてこっそり、ヨトトに尋ねる。

「ユズ様って、いつもこんな感じなんですか？」

「そうですね……。ユズ様は人間に近い外見を嫌っていて、夜人らしくないことにうじうじしているんです」

「ヨトトお前、言い方ってものが……まあいい。本当のことだからな……」

こっそり聞いたつもりが、ばっちりユズに聞こえてしまったようだ。狭い書庫だから、仕方がない……。ルーナは「ごめんなさい」と素直に謝る。

「別にルーナのせいじゃない」

「でも……不快な気分にさせてしまいました。ユズ様と仲良くなりたくて待っていたのに」

「……は⁉」

ルーナの一言に、ユズがめちゃくちゃ動揺した。思わずその場から後ずさろうとして、しかし後ろが本棚で、その衝撃で本が頭の上に落ちてきたくらいに動揺している。自分の言葉にそんなに驚くとは……と、ルーナは苦笑するしかない。

「ああ、すまない、ちょっと耳の調子が悪かったようだ。もう夜も遅いから、ルーナは戻った方がいいだろう。……供はいないのか？」

ユズは一気にそう言うと、書庫内を見回した。どうやらルーナに侍女がいることを知っているみたいだ。

「さすがにアティーをこんな時間まで連れまわすのは申し訳ないので、先に帰ってもらいました」

「ユズ様がまたお送りすればいいと思いますよ」

ルーナとヨトトの言葉に、ユズは頭を抱えた。

「……もう少し、俺を警戒した方がいいんじゃないか？」

ユズが声を振り絞ってそう告げると、ルーナはきょとんとするし、ヨトトは愉快そうに「ホホッ」と笑った。

「ユズ様に警戒する要素なんてないですよ。とっても優しいですし！」

「さすがにユズ様を警戒する必要はないかと」

「…………」

二人の反応にユズは沈黙するしかない。別に男として見ろと言っているわけではなく、ルーナは人間なのだからもう少し夜人を警戒すべきでは？　と思ったのだが……なんだか自分にグサグサ刺さる答えが返って来ただけのような気がする。

「まあ、いい。帰るのならさっさと行くぞ。あまり遅くなると、寝る時間が減るだろう」

「ありがとうございます！」

ユズがのそのそ立ち上がって隠し扉に手をかけると、ルーナも嬉しそうについてくる。まったくもって自分を警戒していない。

（……考えるだけ無駄だ。どうせ俺だし）

隠し扉をくぐる前に、ルーナが「おやすみなさい」とヨトトに挨拶をしている。ヨトトも、「また明日～」と笑顔で手を振っている。どうやらルーナは明日も来るようだ。

「……はあ。行くぞ」

「はい！」

ユズとルーナは部屋に戻るため、ヨトトの書庫を後にした。

（……なんだかんだ、ユズ様はわたしを部屋まで送ってくれるんだよね）

気づけば、ルーナが夜まで書庫にいることが日課になってしまった。今ではアティーが書庫に夕食を用意して、ヨトトと一緒に食べている。そしてユズがやってきて、少し雑談などをしたら部屋に送ってもらう……そんな生活が続いている。

今日も書庫で夕食を食べ終えたルーナは、アティーを見送りのんびり読書をしながら過ごしている。

しかしヨトトから「ルーナ様」と名前を呼ばれて、本の世界から意識を浮上させた。

「連絡が来たのですが、本日ユズ様は来られないそうです」

「あ、そうなんですか」

毎日来ていたからあまり気にしていなかったけれど、ユズも仕事などがあって忙しかったのかもしれないとルーナは思う。

「なら、わたくしも今日は戻りますね」

「ええ。その方がいいと思います。今、アティーを迎えに呼びます」

「ありがとうございます」

ヨトトの言葉に素直に頷き、ルーナはアティーが来るのを待つことにした。……のだが、どうやらアティーは入浴などをしているようで、迎えに来るのに少し時間がかかるようだった。

「そうだよね、ちょうどゆっくりする自分の時間だもん……」

仕事終わりの自由時間がとても大事だということは、ルーナも知っている。ドーラの花屋で働いたあと、毎日花師の勉強をしていたのだから。

「まだそんなに遅い時間でもないし、一人で戻ります。最近は、書庫に来ることが多いから、わたくしを冷たい目で見てくる人が減ったのです。単に、見慣れてくれただけかもしれませんけど」

「そう……？　まあ、確かにいつまでも一人で外を歩けないのは不便だしね」

どうやらヨトトは好意的に考えてくれたようだ。ルーナは大きく頷いて、「一人で問題ありません」と胸を張る。

ヨトトに書庫の入り口までは送ってもらい、「おやすみなさい」と挨拶をしてルーナは書庫を後にした。アティーには、ヨトトから連絡を入れてくれるそうだ。

まだそこまで遅い時間ではないと言っても、もうすぐ日付が変わる。廊下はしんとしていて、ルーナの足音だけがやけに響く。

「明日ちゃんとアティーと陛下にも一人で歩く許可をもらわなくちゃ」

そしてゆくゆくは、書庫だけではなく王城のいたるところや、街にも足を延ばせるようになったらいいなとルーナは思う。もしかしたら、王城の外に花を育てるのにいい環境があるかもしれない。

（ああ、鼻歌でも歌いたくなっちゃう！）

楽しみなことが多すぎる。ルーナが少し浮かれながら廊下を歩き、丁度曲がり角を曲がったところで――後ろから手が伸びてきた。

「静かにしろ」

「――っ⁉」

低い男の声が、ルーナの耳元で喋った。そして首を圧迫するように絞めると、その男はルーナを攫った。

第五章　自分がいるべき場所

「あの花壇を管理していた者が、ルーナだったというのか⁉」

「お兄様の養女になって、死の国へ行った娘じゃないの……」

側近の報告を聞いたクローヴィスは、苛立ちを隠さず怒りをあらわにした。すぐ横に立つクラウディアは、あからさまに嫌な顔をする。

「でも、あの娘はたかが花師の弟子でしょう？　本当に、そんなことが……怪我を治す花を育てることが、できるのかしら」

　ほかの花師の手柄を自分のものにしようとしていたのでは？　と、クラウディアは告げる。しかし側近は力なく首を振った。

「花師長、花師、弟子、見習い。それから雑務を担当しているメイド……全員に話を聞きました。数日前に息吹の花が咲いたのは、花師ハルム様の弟子、ルーナの花壇でした」

　側近はさらに言葉を続ける。

「調べたところ……、ルーナの両親は花師のブラムとエリーナでした。二人とも何度も王宮花師へという誘いを断っている、最高峰の腕を持つ花師です」

「――！　その名は、私も聞いたことがある。私が小さいころに病気になったとき、治療に当たった花師がブラムだったはずだ。そういえば、確かに容姿は似ているか……？」

クローヴィスは幼いころの記憶を掘り起こして、「なぜあのとき気づかなかったのか……」と舌打ちをした。

逆にクラウディアは知らなかったようで、クローヴィスが知っていたことに驚いている。

「わたくし、花にはそんなに興味がありませんが……お兄様がそう言うのでしたら、本当に腕のある方だったのでしょうね。今、その両親はどうしているのかしら？」

暗に連れて来なさいと言うクラウディアに、側近は再び首を振る。

「ブラムとエリーナの両名は、すでに亡くなっています。おそらくルーナは、二人の研究のあとを継いだ……のではないかと推測します」

すでに亡くなっていることを聞き、クローヴィスは「惜しい者を……」と、追悼の言葉を口にした。が、すぐに思考は切り替わる。

「ならばやはり、ルーナを取り戻すしかあるまい。ただの平民の弟子など価値もなかったが、ブラムから息吹の花の作り方を受け継いでいるなら話は別だ。あの花は、私たちに必要なものだ」

息吹の花があれば、負傷した兵の治療が速やかに行える。それは、戦争でとても有利に働くだろう。

さらに、クローヴィスの地盤を固めるための功績として使うことができる。息吹の花であれば、ほかの貴族はもちろん、他国の王族だって喉から手が出るほど欲するはずだ。

「どんな手段を使っても構わない。ルーナを死の国から……いや、化け物たちから救出せよ！」

「はっ！」

クローヴィスの声に、側近は恭順を示した。

「ん……？」

ふいに瞼が軽くなるのを感じて、ルーナは目を開ける。もう朝だろうかと考え、しかし自分の体が上手く動かせないことに気づいてハッとする。

そして思い出すのは、書庫から自室へ戻る道で……後ろから誰かに襲われたということだ。

「ん〜〜〜っ！」

ルーナが声を出そうとすると、口に布を噛まされていて喋ることができなかった。助けを呼べないまま、情けないうめき声だけがあがる。

視界は暗いが、どうやら自分の体が縄で縛られているらしいこともわかった。さらに体に触れている感触から、麻袋に入れられているのだろうと予想を立てる。

（これって、人攫い⁉）

街にいたときは、貧民が人売りに攫われたという話はよく聞いたけれど、まさか自分がそんな目に遭うとは思ってもいなかった。

――が、ここはエデルだ。コーニングにいたような人攫いがいるだろうか？　と、ルーナは考える。

（もしかして、人間に恨みを持つ夜人が……？）

こんなことになるなら、一人で部屋へ戻るべきではなかったと後悔する。ルーナの外出許可も、アティーと一緒ならばという条件付きだったのに。

（書庫と部屋の行き来だけなら大丈夫なんて、わたしが軽く考えちゃったから……。どうにかして逃げ出さなきゃ……！）

逃げ出すためにはまず、今の状況をきちんと把握しなければならない。ルーナは耳を澄まして、外の音に集中する。すると、男の話し声が聞こえてきた。

「上手くいってよかったですね」

「ああ。女を攫うだけの簡単な仕事だ」

声の主は、二人のようだ。ルーナを攫うことができたからか、気が緩んでいるというのは口調からわかった。

「とはいえ、さすがにこの場所は肝が冷えるな。もし失敗してたら、俺の首が飛んじまうところだったよ！」

「クローヴィス陛下は失敗に厳しいお方ですからね……」

「だがその分、成功すれば報酬は弾んでもらえる！」

（って、待って⁉　今クローヴィス陛下って言った⁉）

ルーナはてっきり人間に恨みを持つ夜人の仕業だとばかり思っていた。そう思った一番の理由は、人間はエデルを死の国と呼び、蔑んでいるからだ。自分から足を踏み入れることは、そうそうない。

（……もしかして、わたしに何かあったら、その責任を問われるのはユグ陛下？）

現在、人質ではあるがルーナは賓客として迎えてもらっている。

アティーを始め、ユズ、ファルケ、ヨトトもよくしてくれている。ルーナを認めていない夜人がほとんどではあるけれど……。

（わたしのせいで、みんなに迷惑をかけるのは嫌だ）

どうにかして抜け出さなければ！　と、ルーナは自分の体を大きく揺らした。せめてこの麻袋から脱出して、現状を確認しなければいけない。ルーナが一人で戻れないような場所に連れていかれたら、手遅れになってしまう。

ルーナが体を大きく揺らすと、「うおっ⁉」と男の驚く声が聞こえてきた。そして突然のことで油断したからか、ルーナの入った麻袋が地面に落とされた。さらにそのはずみで、ルーナの口に巻かれていた布が外れた。

「いたっ！　……っ、でも、今がチャンスだ！」

麻袋の口がわずかに緩んだので、ルーナは無理やりこじ開けて脱出を果たす。

「よし、出られたっ！」

しかし出た先は、エデルの街――洞窟の端沿いだった。

王城とは、ルーナが予想していたよりも距離がある。どうやらかなり長い時間、気絶していたようだ。

ルーナが飛び出したことで、犯人たちが焦る。

「どうしてわたしを攫ったのよ！」

「おい、黙れ！　夜人に聞こえたらどうするんだ!!」

「そうだ。俺たちはお前を助けに来たんだぞ！　攫ったなんて、人聞きの悪いことを言うんじゃねぇ！」

「は!?」

つい先ほどこの男たちが攫ったと話していたのを、ルーナはしっかりと聞いている。しかもそれが、クローヴィスの指示だということも。

(どうしてわたしに酷いことをするのは、人間ばっかりなのよ！)

そのことを少し悔しく思いながら、ルーナは声をあげる。

「わたしがいなくなったら、すぐにアティーたちが捜しに来るんだから！　観念するなら、今のうちよ！」

「クソ、このまま騒がれたらやばいな。黙らせろ」

「ああ！」

「ちょ、やめ――っ⁉　うっ」

しかし反抗も虚しく、腹に衝撃が走り――ルーナは気を失った。

「ったく、手間をかけさせやがって」

「早く戻ろうぜ。もし死なせちまったら、それも俺の首が飛んじまう」

「ちげえねえや」

男たちはルーナを麻袋に入れて、再び歩き出した。

「う……ん……？」

ルーナが再び目を覚ますと、今度は街ではなく死の池のすぐ近くだった。

麻袋に入れられていたが、今は結び口が開いていて外の様子がわずかに見える。時間は、死の池の水面が薄ら光っているので、朝のようだ。

すぐ横では、ルーナを攫った男二人が休憩をしている。

（わたし、どうなっちゃうんだろう）

このまま殺されてしまうのだろうか。でも、それならば攫わずあの場で殺せばいいだけだ。攫ったとしても、クローヴィス側に利益はない。むしろ、生かして何かあったことを考えると、不利益の方が多い可能性だってある。かといって、ここから逃げる手段もない。

完全に詰みの状態だ。

「んじゃ、そろそろ行くか。向こうに迎えもきてるはずだ」

「ああ」

男たちの会話を聞いて、ルーナは慌てて声をあげる。が、口を布で覆われているので、「ん〜っ」といううめき声しか発することができない。それを見て男たちが笑う。

「ハハ、威勢がいいこった！　もう死の国から出るところだから、どれだけ騒がれたって怖くねぇよ」

「暴れたら縄で縛られたまま、死の池にドボン！　だぞ！」

「……っ！」

男たちの言葉に、ルーナはギリっと唇を噛みしめる。何もできない無力な自分がとても腹立たしかった。

ルーナがいなくとも、朝はやってくる。アティーはいつもと同じように、「おはようございます」とノックしてルーナの部屋へ入った。
「本日の朝食は、ルーナ様がお好きなオムレツですよ。さあ、起きて下さいませ。おはようございます、ルー……ナ、様？」

アティーが寝台の天蓋をめくるも、そこにルーナの姿はなかった。いつもならば、アティーが起こしに来るときはまだ寝ているはずなのに。アティーは部屋を見回して、「ルーナ様?」と呼びかける。しかし返事はない。

広い部屋ではあるが、別段隠れられるような場所はない。

すぐにルーナがいないということを認識したアティーは、部屋を飛び出した。


「陛下！　ファルケ様！」

ノックや礼をするのも忘れ、アティーはユグの執務室に飛び込んだ。ルーナがいなくなってしまい、繕っている余裕はこれっぽっちもなかったのだ。

「アティー?」

「そんなに取り乱すなんて珍しいね。何かあった?」

ユグとファルケは何も知らないようで、不思議そうだ。アティーは呼吸を整えてから、膝をついて先ほどのことを説明する。

「部屋に伺ったところ、ルーナ様がいらっしゃいません。わたくしが侍女として仕えていながら……申し訳ございません……っ」

「ルーナ様が!?　すぐに王城の兵に確認しよう」

「っ、お願いします……」

ファルケが急いで指示を出す間、ユグは口元に指をあてて考える。ユグは、昨夜ルーナ

がヨトトの書庫を訪ねていたことを知っている。しかし、一人で部屋へ戻ったという報告も受けている。

……つまり、部屋へ戻る途中で何かあったということだ。

しかし今は、その何かを考えても答えは出ない。ユグは追加でファルケに指示を出す。

「ルーナが行く場所は、この執務室か、書庫くらいだろう。書庫と部屋までの道に何かないか注意深く確認してくれ」

「かしこまりました」

ファルケは自身でも確認するため、執務室を退室した。

「迅速にご対応いただき、ありがとうございます」

「いや。彼女に何かあれば、困るのは私たちでもあるからな……。だが、いったい何があったのか」

ユグの言葉に、アティーは首を振って「わかりません」と返す。

「最近は、ほかの者も以前ほどルーナ様に殺気を飛ばすようなことはなくなりました。書庫でも毎日楽しそうにしておられますし……」

「そうか……。ならば、コーニングの仕業ということも想定して動いた方がよさそうだ」

何もルーナを攫うことに利があるのは夜人だけではない。その言葉を聞き、アティーは目を見開いて驚いた。

「それは、ルーナ様を我らエデルから救う……というコーニングの考えでしょうか。コーニングの王がルーナ様を助けたい気持ちはわかりますが、この度のことは和平を結ぶにあたって必要なことです。その重要性を、コーニングの王がわかっていないとお考えなのですか？」

「いいや。……ルーナがいなくなれば、戦争を仕掛ける理由になる」

「――！」

アティーはまったく考えていなかったことを告げられ、息を呑んだ。つい最近、疲弊しきって和平を結んだばかりだというのに。

「コーニングはどれだけ戦争が好きなのですか。……花が好きで、心優しいルーナ様を戦争の理由にするなど……あっていいわけがありません！」

ぐっと拳を握りしめて、アティーは悔しさに耐える。もっと自分がルーナの側にいれば、こんなことにはならなかったかもしれないのに……と。

そんなアティーを見て、ユグもまた自分の警備体制が甘かったことを後悔した。


それからルーナの行方がわからないまま、十日が経った。

手掛かりがないまま執務を続けるのは落ち着かないが、何もしないと仕事は溜まる。仕方がなく、ユグはアティーにも手伝いをしてもらいながら書類を捌いていく。

そんなとき、執務室の扉が遠慮なく開かれた。

「陛下！　やっと、ルーナ様の足取りが掴めました」

「――報告を頼む」

「はい」

やってきたのは、ファルケだ。その表情は真剣で、あまり結果が芳しくなさそうだということは簡単に予想できた。それでも、アティーはルーナの行方が掴めたことを涙目になって喜んでいる。

ファルケが調査したところによると、ルーナが行方不明となった前日の夜中、怪しい二人組が街で目撃されたという情報が何件か集まったのだという。

「その足取りを追ったところ、地上に出る死の池へ続いていました。岸に船を引きずったあとがあったので、おそらく外へ出たのでしょう。街で聞いた男の外見と、船で外へ出たことから、ルーナ様を攫ったのはコーニングであるとみて調査を進めました」

「そうか」

ここまでは、一応想定の範囲内だ。

問題は、コーニング王国がルーナを攫った理由だろう。それによっては、すぐにでも開戦の火蓋が切られるはずだ。エデルも迎え撃つ準備をしなければならない。

しかし、ファルケの口から出たのは戦争という言葉ではなかった。

「コーニングは、戦の準備はしていないようです。平民を徴兵する動きもありません。直ちに仕掛けてくることはないと思います」

「……？　では、なぜルーナを攫った？　コーニングにとって、差し出した姫を奪い返すことは不利益しかないだろう？」

「そこはまだ情報を集めている段階で、結論は出ていません」

「なるほど」

エデルとしてルーナに関する対処をどうすべきか、ユグは思考を巡らせた。


ルーナは荷馬車に揺られ……コーニングの王宮に連れていかれていた。

（まさか、こんなに早くまた王宮を目にするとは思わなかった……）

もしかしたら、死ぬまでエデルから出ることはないかもしれないと、そんな覚悟を持っていたというのに。

身を清められたルーナが連れていかれたのは、以前も通されたことのある、クローヴィスの執務室だった。

中に入ると、クローヴィスが椅子にふんぞり返るように座っている。前に見たときとまったく同じで、ルーナが嫌いな顔をしている。

「おお、ルーナ。やっと戻ったか」

「……なぜ、わたくしはここに連れ戻されたのでしょうか？」

嬉しそうに笑うクローヴィスとは対照的に、ルーナは反抗的に言葉を発する。ルーナはコーニング王国に戻ってくるつもりなんて毛頭なかったというのに。

ルーナの言葉を聞いたクローヴィスからは、笑顔が消える。まるで、自分に逆らうなと言っているかのようだ。いや……実際、そういう心づもりでいるのだろう。

クローヴィスはルーナの言葉を聞かなかったことにしたのか、話を続けた。

「さて、ルーナ。君には花師としての仕事をしてもらう。そのために、王宮花師の称号を与えよう」

「え……？」

なぜ呼び戻されたかわからなかったルーナは、いきなり花師――しかも王宮花師にしてやると言われて困惑する。

クローヴィスの思惑がルーナにはわからない。

（わたしはハルム師匠の弟子で、花師の試験には合格していないし、ほかの花師から推薦を受けたわけでもないのに）

なぜという疑問が頭の中をぐるぐるするが、その答えはすぐにクローヴィスから発せられた。

「君には、息吹の花を育ててもらおうと思っている。育て方は知っているだろう？」

「それは……」

「息吹の花が君の花壇で咲いたという報告は受けている。治癒の花はとても珍しく、貴重だ。栽培方法も花師が秘匿していて、ほとんど世に出回っていないというじゃないか」

息吹の花に関しては、今、この王宮で扱える者がいないとクローヴィスが言う。ルーナは息吹の花の生育のために、一度差し出したエデルから連れ戻されたのだ。

「これで戦争を再開すれば、コーニングが圧倒的に有利になる。ルーナ、すぐに息吹の花の量産を始めるように」

「なっ！　エデルと和平を結んだばかりだというのに、再び戦争をするというのですか⁉　エデルで採れる鉱石のためだけに、夜人を殺すというのですか⁉」

（エデルはとても温かい場所だった……！）

人間に戦争を仕掛けられて苦しんでいる人がいた。静かに本を読むのが好きだと言った人もいた。人見知りで、地上へ出たことのない人だっていた。

しかしクローヴィスは、そんなルーナの気持ちを踏みにじる。

「お前は花師になるのが夢だったのだろう？　ならば、花の咲かない死の国にいるより、設備も揃っている我が国にいた方がいいではないか。ここにいれば好きなだけ花を育てることができるし、ブラムの遺志を継いで花の研究だって存分にできるだろう」

クローヴィスの言葉に、ルーナは唇を噛みしめる。どうしてこの王は、こんなにも心ないことを平然と言えるのだろうか、と。

「わたしは、エデルで花を咲かせます」

「はっ、そんなことは夢物語だ。子どもでも知っているぞ？」

嘲笑うクローヴィスに、ルーナは大きく頭を振って声を荒らげた。

「もしそうだとしても……わたしはエデルを選びます。……戦争の為に息吹の花を育てるなんてまっぴらです！　花は争いに使う道具ではありません！　たとえ殺されたとしても、わたしは和平の維持を望みます‼」

「王である私に逆らうというのか？」

「何を言われても、わたしの意志は変わりません！」

ルーナが吠えると、クローヴィスは仕方がないとため息をついた。

（もしかして、あきらめてくれた？）

しかしルーナがそんな希望を抱いたのも一瞬だった。

「チッ、親子そろって花を戦争に使うなと言うか」

冷たい声で、クローヴィスは「ハルムを連れてこい」と告げたのだ。

（え⁉　また、ハルム師匠を盾に使うというの……⁉）

ルーナは自分がどうにかなるのは受け入れるつもりだったが、ルーナの代わりにハルムが傷つくとなれば話は別だ。クローヴィスはことごとく嫌な手を使ってくる。

（ハルム師匠に迷惑なんてかけたくないのに！）

ルーナの目元にじわりと涙が浮かぶ。「やめて！」と叫んでも、誰もルーナの言葉に耳を貸すことはない。

「ここにはいないが、親族にも相応の罰を与えなければな。お前の両親は、花師の資格を剝奪した記録もつけておこうか」

「そんな……！　お父さんたちは、もう死んでるのに……っ」

死してなお侮辱するのかと、ルーナは怒りが込み上げ震える。そんななか、ハルムが連れてこられた。

「ルーナ！」

「師匠……！」

騎士に囲まれる形で立っているルーナを心配そうな瞳で見つめ、ハルムはクローヴィスに「どういうことでしょうか」と問う。

「どうもこうも。ルーナには息吹の花の栽培をしてもらおうと思っているだけだ。王宮花師の称号を与えることも考えている。ハルム。君はルーナの師匠だろう？　服従するよう、きちんと指導するように」

「………」

クローヴィスの言葉を聞き、ハルムは一度口を閉じる。

ルーナがエデルに行ったあと、ルーナの花壇の世話をしていたのはハルムだ。はじめは何の花かわからなかったが、ルーナが育てていた大切な花だからと世話をしていた。しかしそれがハルムの失敗だった。

花は日に日に大きく成長していき、ほかの花師の弟子だけではなく、王宮花師たちも興味を持つようになってしまったのだ。結果、それが息吹の花だと判明し、クローヴィスまで報告が上がってしまった。

ハルムはその花が息吹の花であることに気づくのが遅れてしまい、今回の状況になることを防げなかったのだ。

「……確かに、息吹の花は素晴らしいものです。この栽培方法を知る者は、きっと今はルーナしかいないでしょう」

「そうであろう。王宮花師全員で息吹の花の種を作ろうと試みて、無理だったのだから」

クローヴィスの言葉に、ルーナは息を呑む。

確かにあの花の研究をしていたのはルーナの両親だけれど、王宮花師の誰にも作れないとまでは思ってもいなかったのだ。

（お母さんたちの研究は、わたしが考えてるよりずっとすごいものだったんだ……）

その価値が一番わかっていなかったのは、ルーナだったようだ。

しかし、だからといって息吹の花を育てて戦争の道具にするなんてまっぴらごめんである。花は人を笑顔にするためにあるとルーナは思うからだ。

ハルムは少しの沈黙のあと、「申し訳ございません、陛下」と告げた。

「ルーナには、戦争で使う花を育てさせたくはないのです。……ブラムたちも、私と同じ気持ちでしょう」

「ハルム師匠……」

「私の命に逆らうというか、ハルム。残念だよ」

クローヴィスは酷く冷たい声で告げ、すっと手で合図をする。すると、騎士たちが一斉にハルムを取り押さえるために走り出した。

（嘘！　そんなの、絶対に駄目!!）

ルーナは走り、ハルムの近くにいる騎士へ体当たりをする。反動でルーナの体も吹っ飛んでしまったけれど、そんなのは構わない。

「師匠、逃げて下さい！　捕まったらどうなるかわかりません！」

「それはルーナも同じことでしょう!?　私のような老いぼれは気にせず、ルーナは自分の道を進みなさい！」

「──っ！」

ハルムは逃げようとせず、逆にルーナのことを守ろうとしてくれた。しかしこのままでは、二人とも捕まってしまう。

ルーナがどうすべきか、ない頭で考えを巡らせるも、やはり打開策は浮かんでこない。

「師弟で別れの挨拶は済ませたか？　ルーナは生かしてやるが、ハルムは必要ない。その空いた王宮花師の席に、ルーナが座ればいいだろう」

「残念だが、ルーナはエデルの花師見習いだ。よって、その席に座ることはできない」

騎士に捕らえられるという寸前のタイミングで、後ろから声が聞こえた。威厳があるけれど、どこか優しさも含む声だ。

ルーナが振り向いた先には、想像していた通りの人物――ユグが立っていた。その後ろには、ファルケとアティー。それと数人の騎士が控えている。

「ユグ陛下……」

「……助けに来るのが遅くなってしまったな」

ユグはルーナのもとへやってくると、手を差し伸べ起こしてくれた。骨がむき出しの骸骨の手だというのに、とても温かくて……ルーナの目にじわりとした熱が広がる。ハルムのことは、アティーが支えてくれている。

思わず気が抜けて、ルーナは座り込みそうになってしまう。しかし、それよりも強い力でユグが支えてくれた。

「ど、どういうつもりだ！　誰の許可があって、ここへ入った⁉」

クローヴィスが声を荒らげると、ファルケがそれに返事をした。

「それはこちらの台詞だ。和平の儀式を交わしエデルへ来たルーナ様を、コーニングが奪ったのです。証拠も揃えてありますから、間違いとは言わせませんよ」

ファルケが出した証拠とは、エデルからコーニングの王宮までの道中で、ルーナと連れ去った男を見かけたという情報だ。人がすっぽり入れそうな麻袋や、女の子のうめき声が聞こえたなど、金を積めばあっさり口にする人間は多かった。

それを聞いたクローヴィスは、一歩下がる。

「人間が二人、我が国へ不法侵入したのですから、もちろんその責はクローヴィス陛下が取ってくださるのですよね？」

　堂々と告げるファルケに、クローヴィスは小さく舌打ちをする。誰にも聞こえていないと思っているだろうが、夜人は耳がいいので残念ながら聞こえている。

　クローヴィスは自分が不利だと悟ったのだろう。打って変わって笑顔を作り、両手を広げて友好を示してみせた。

「――まさか、エデルの王が来るとは思わなかった。ユグ王よ、ルーナの代わりにほかの者をエデルに向かわせよう。もし足りないようであれば、保証も兼ねて、二人でも三人でも、人数を増やして構わない。今回はどうかそれで手を打ってはいただけないか？」

　クローヴィスの言葉に、ファルケはどれだけユグのことを馬鹿にすれば気がすむのかと怒りが込み上げてくる。コーニング王国は、エデルをあまりにも下に見すぎている。

　思わずファルケの足元から冷気がもれ、近くにいた騎士たちの足が凍った。

「うわあぁっ！」

「ひっ、化け物め！」

　ファルケの力を目の当たりにしたクローヴィスは震え、「言葉を交わそうとしないか下等種族め！」と罵る。

「先に言葉を放棄したのはクローヴィス陛下ではありませんか。……まあ、話しても無駄だということは、今回のことでよおーくわかりました。こちらは和平の条件を変えるつもりはありませんから、このままルーナ様を連れて帰ります」

そう言うと、ファルケは一呼吸置いた。そして、部屋にいる騎士全員をゆっくり見回して、最後にその視線がクローヴィスを捉える。

「次はないと、そうお思いくださ い。我が王が寛大だということを、どうぞ心の底から感謝してください」

ファルケがそう締めくくったのを合図に、ルーナたちはクローヴィスの執務室を後にした。

「あとは馬車に乗ってしまえば、エデルまですぐですよ。翼のある者に御者をお願いしていますから」

そう言いながら先頭を歩くファルケのあとを、ユグ、ルーナ、ハルム、アティーと続く。

しかしふいに、ユグが足を止めた。すぐ後ろを歩いていたルーナは、思わずユグの背中に激突するところだった。

「――！　ユグ陛下、どうかしましたか？」

急に止まったユグを不思議に思い、ルーナが声をかける。すると、ユグが振り向いた。

その瞳は暗いままだが、ルーナのことをじっと見つめている。

「……？」

今は早くクローヴィスの執務室から離れた方がいいのではと思うルーナだが、足を止めてユグの言葉を待つ。

「エデルで花は咲かない」

「ユグ様……？」

「……ルーナは、花の話をするときが一番楽しそうだ。だから、花を咲かせることができないエデルに縛り付けてしまうのはよくないのでは……とも思っている」

「……っ！」

それはつまり、ルーナが望めば、エデルではなく……このままコーニング王国にいてもいいということだ。

どこか力のないユグの声に、ルーナは手を握りしめる。

確かにエデルでは花を咲かすことはできない。書庫でたくさん調べても、エデルで花が咲く場所は見つからなかったから。毎日世話をしている花も、一向に芽吹く様子はない。

（だけど、わたしは……っ！）

ルーナは一歩、ユグに近づく。そして先ほどルーナを助けてくれたユグの手を取り、そんなことはないと首を振る。

「無理やり、花を育てろと命じられるまま、奴隷のような花師になんてなりたくありません。わたしは……っ、エデルで花を咲かせてみたい!!」

ぎゅっとユグの手を握りしめて、ルーナはまっすぐ目を向けて告げる。

「わたしは、エデルの……花師見習いです！」

「……ルーナ」

ルーナの名前を呼んだユグの声は、先ほどと違って嬉しそうだった。いつも見ている骸骨の顔も、心なしか微笑んでいる気がした。

「ありがとう」

「いいえ。お礼を言うのはわたし――あっ、わたくしで」

力いっぱい首を振って否定するルーナに、ユグが楽しそうに笑う。

「別に、言葉遣いを正す必要はない。気楽にしたらいい」

「陛下……」

国王の養女になってから言葉遣いの練習は何度もしたが、やはり長年の癖というものはちょっとしたときに出てきてしまうもので……。気をつけていないと、ルーナは言葉遣いが崩れてしまうことが多い。

（陛下の心遣いは嬉しいけど……）

ルーナはゆっくり首を振り、「大丈夫です」と告げる。

「わたくしはエデルの花師見習いとして、恥じないように生きたいと思っています」

花師としての腕はもちろんだけれど、人としても品を持ち、いつかエデルの花師として堂々と立てる人間になりたい。ルーナは今回の一件で、そう強く思ったのだ。

「……そうか。それは心強い」

ユグはルーナの決意に頷き、「では行こう」と再び歩き始めた。

「ととと、飛んでる！　飛んでるよ、アティー！」

バッサバッサと聞こえる風を切る音に、ルーナは震えあがる。今、ルーナたちがいる場所は上空だ。

無事に王宮を抜け出したルーナたちは、ユグの用意したエデルの馬車に乗った。しかしその馬車が、普通ではなかった。鳥の夜人が御者を務め、馬車を引くのが大量の鳥だったのだ。そのため、空を飛んでいる。馬車ではなく、鳥車だ。

「この年になって、まさかこのような体験をするとは思いませんでした……。ああ、川の向こうでブラムが手を振っています……」

「師匠、しっかりしてください！　川なんてありません!!」

空中鳥車で気が遠くなりかけているハルムの肩を勢いよくゆすって、ルーナは「生きてください～！」と涙目になる。

そんな様子を見たファルケが、「賑やかでよろしいねぇ、ぷぷっ」と笑う。

エデルに向かう鳥車の席には、ユグ、ファルケ、ハルムがちょっときつそうに並んで座り、その向かいにルーナとアティーが座っている。鳥車の外は騎士たちが護衛についている。

「とりあえず、コーニングにはいろいろと責任を取ってもらう方向で動くよ。ルーナ様の誘拐に、条約違反。それからエデルに対する暴言に、ユグ陛下の出張費。むしり取れるだけむしり取ってやろう」

「……楽しそうだな、ファルケ」

「そりゃあね！　うちの花師見習いを取り返せたんだから嬉しいよ。ついでに向こうにもダメージを食らわせられるし。戦争するなんて考えられなくなるほどむしり取ろうそうしよう。ああ、何を取ってやろうか……」

ファルケがフフフと黒い笑みを浮かべると、アティーが力強く頷いている。ルーナに対して行った仕打ちは、アティーにとって許せるものではなかったようだ。

しばらくそんな話題で盛り上がったのち、空の旅に慣れてきたハルムが口を開いた。

「その……私がご一緒してしまってよろしかったのでしょうか？」

自分はエデルの者ではないし、和平の条件にも含まれていない。とはいえ、あのまま王宮にいたらクローヴィスに殺されるのは確実だった。

ハルムの問いに対して答えたのは、ファルケだ。

「別に構わないですよ。私たちは別に、人間の入国を拒否しているわけじゃありませんから。……まあ、いい感情を持たない夜人が多いのは事実ですけど……。和平が続いている間に、それが薄れたらいいな～、というくらいでしょうかね？」

あまり期待しないようにと、ファルケが言う。

ルーナはハルムの手を取って、「一緒にエデルへ行きましょう！」と懇願した。コーニング王国でのハルムの居場所を奪ったのは自分だと、ルーナは責任を感じているのだ。自分がいなければ、ハルムは今も王宮花師だったのに……と。

「まだエデルのすべてを見たわけではないですが、ご飯も美味しいし、いいところでした。わたくしは今、エデルで花を咲かせる研究をしているんですよ！　………まだ芽も出ていませんけど」

久しぶりに会った師匠にいい成果を報告できなくて、ルーナが少し項垂れる。

しかしその代わり、文字をしっかり読めるようになったし、勉強をして知識も増えた。今までのルーナとは一味も二味も違うのだ。

ルーナの力説に、ハルムは楽しそうに笑う。

「一人でエデルに行かせてしまったことをひどく後悔しましたが……ルーナはやるべきことを見つけ、きちんと前に進んでいたのですね」

ハルムもずっとルーナのことが気がかりだったのだ。恩人の子どもだからと弟子に迎え入れたのに、まさかエデルへ行かせなければならないなんて……。まさに、恩をあだで返すような行為だった。

「……エデルに着いたら、花の研究を進めましょう」

「はい！　師匠がいれば百人力ですね」

それからしばらく空の旅を楽しんだあと、死の池に到着した。池を船で渡り少し洞窟を進むと、その先にあるのは夜人の国、エデルだ。

ハルムは物珍しそうに、しきりにキョロキョロと周囲を見ている。

「わたくしも、こんなに落ち着いた気持ちでここを歩いたのは初めてです。最初に通ったときは、緊張でどうにかなってしまいそうでしたから」

ルーナが苦笑しながら告げると、アティーがクスリと笑う。

「でしたら、慣れていただけたことを嬉しく思います」

「アティーがいろいろ教えてくれたおかげだよ。ありがとう」

「勿体ないお言葉です、ルーナ様」

二人で会話を弾ませていると、前を歩くユグがすっと右手を広げて静止の合図をした。とたん、ルーナたちに緊張が走る。

すると、前方に人影が見えた。本来であればユグの出迎えかとも思ったけれど、警戒態勢なのでその可能性は低いだろう。顔が見える距離になると、人間の――コーニング王国の騎士だということがわかった。数は五人。

ここで一歩前に出たのは、ファルケだ。

「どうやらコーニングは、まったく、何も、わかってはいないようですね」

ファルケは笑っているけれど、目はまったく笑っていない。胸の前で手を組み、ヤる気満々で指を鳴らしている。

　ルーナがどうすればいいのか戸惑っていると、ユグが背に庇ってくれた。

「ファルケに任せておけば問題ない」

「は、はい……」

　ファルケの強さはコーニングで見ているので、ルーナはユグの言葉に素直に従った。しかし騎士は、狙いはお前だというようにルーナに向けて声を荒らげる。

「お前は人間の花師だろう！　我々を裏切るつもりか⁉」

「――っ！　最初に裏切ったのはそっちじゃない！」

　騎士の言葉に、ルーナが大声で反論する。まるでこちらがすべて悪いように言われるのは、我慢ならない。

「わたくしはエデルの花師見習いなんだから！」

　ルーナが叫ぶと、騎士が「ふざけるな！」と剣を振るった。しかしそれは、容易くファルケがいなしてみせた。その手には、いつの間にか氷でできた剣を持っている。

　騎士の折られた剣が、弧を描くように飛んでいく。ファルケの圧勝だ。ルーナが「すごい……」と呟いたのも束の間、その飛んだ剣先の軌道がルーナに向かっていた。

「へぁ……？」

　思わず間抜けな声をあげて、ルーナの体が固まってしまう。こういうとき、人間の体は咄嗟に動くようにできていないんだな……と、そんなどうでもいいことを考えてしまった。

しかし間一髪というところで、伸びてきたユグの手がルーナを引き寄せた。

「危ない、ルーナ！」

「――っ！」

剣がルーナの前髪をわずかにかすって、反動で服の下から飛び出たネックレスにしていた種の袋が破れてしまった。そして剣先は、ユグの腕を突き刺して地面へ。あと一歩、ユグが助けるのが遅かったら剣はルーナを貫いていただろう。

「は――」

ルーナはあまりのできごとに、思わず息を吸って、はくのを忘れてしまう。

「しっかり呼吸をしてくれ」

「っは！　ふはっ！　……っ、びっくりした……。心臓が、止まるかと思いました……」

今は正反対にドッドッドッドッドッとものすごい勢いで脈打っているが、もしかしたら心臓が止まっていたかもしれない。

「ユグ陛下。助けていただきありがとうございます」

「……無事でよかった」

優しいユグの声に、ルーナは笑顔を見せた。が、すぐにさあぁっと血の気が引いていく。自分を助けたユグの腕の骨が、砕けて地面に落ちていたからだ。

「腕が……っ！」

「ああ、このくらいどうってことはな――っ⁉」

　大丈夫だと、ユグは言おうとしたのだろう。しかし次の瞬間(しゅんかん)、砕け散ったユグの骨の断面から蔓(つる)が伸びて、無事だった骨を砕いた。

「――ッ！」

「陛下‼　なんなの、これ！　どういうこと⁉」

　ルーナがパニックになりながら、ユグの手から生えてくる芽をむしる。花の声も、聞こえない。異常だ。

「ルーナ、それは戦争の為に開発された武器の花です！」

「武器の花……？」

　ハルムの言葉に、そんなものは知らないと、ルーナの胸が締めつけられる。花は人々の暮らしをよりよく豊かにしていくもので、誰かを傷つけるための道具ではないのに。

「離れていろ。この芽がルーナに移り、怪我をしたら大変だ。私は別にどうということはないから気にしなくていい」

「ど、どうって……⁉」

　ユグの言い分に、そんなわけない！　とルーナは言葉を失う。このまま放っておいたら、ユグの全身の骨が蔓に砕かれてしまうではないか。早く蔓を処理して、治療しなければならない。しかしここには怪我を治す息吹の花はないし、そもそも砕けた骨が息吹の花で治るのかもルーナにはわからない。

「止まって、止まってよ……！」

ルーナはユグの腕に這う蔓を引きちぎるが、止まらない。すぐに「ルーナ！」とハルムに名前を呼ばれ、ハッとする。ハルムの手には、植物を枯らす薬剤があった。

「そうだ、これを使えば一瞬で枯らすことができる……！」

ハルムがユグの腕に薬剤をかけると、蔓が枯れていく。これでひとまず骨が砕けるのを阻止することはできたが、ユグの片腕の骨はほとんどが砕かれている。もしかしたら、服に隠れて見えない部分にも砕けた箇所があるかもしれない。

「……っ」

ユグの惨状にルーナが顔を青くしていると、ファルケが騎士を倒していた。剣捌きは見られなかったけれど、圧倒的な強さだということはさすがのルーナにもわかった。

そのとき、ふいにシュルリという音がルーナの耳に届く。その音は、まるで芽吹きの音だった。

「……？」

周囲を見るが、何もない。しかしまた、シュルリと音がした。今度は音の出所がわかったので、ルーナは音のした方向――地面を見た。

「――あ！」

そこにあったのは、砕けて飛び散ったユグの骨の破片と、ルーナの両親の形見の種だ。剣が袋を破り、種が地面に落ちてしまっていた。そしてその種から、信じられないような光景を目にした。

「芽が……出てきた……」

「──！」

ルーナの言葉を聞いて、全員が地面を見る。ルーナの足元、淡い黄金色の芽が、種を割って出てきているではないか。

（どうして突然こんなことが？　今まで何をしても芽が出なかった種なのに）

この種はどんな場所でも発芽しなかった。環境が合わなかったからだ。でも、エデルでは試していない。

「お母さん、お父さん……」

ルーナは掠れた声で両親を呼び、発芽した芽の前に膝をつく。芽吹いた花に願うことは、たった一つだ。

「どうか、どうか陛下の怪我を治せる花であって……！」

『まかせて』

「──！　声が、声が聞こえた……！」

花の声を聞いたのは、久しぶりだ。

ルーナが自分の中にあるありったけのマナを感じ取り始めると、すぐにハルムが水を入れた如雨露を渡してくれた。花師のハルムは、ルーナがしようとしていることをすぐに理解し補助してくれる。

「必ずこの花を咲かせてみせる……！」

ルーナが如雨露を傾けると、マナを含んだ水が溢れ出す。まるで恵みの雫のように地面に降り注ぐ。すると、芽がにょきにょきっと成長しはじめた。

「これは……すごいな」

思わず口元を押さえて呟いたユグの声に、ルーナは嬉しくなる。このまま成長させることができればユグの怪我を治すこともできるだろう。さらに、エデルで花を見させてあげることができる。

しかも、芽はルーナの予想以上にぐんぐん成長していき蕾をつけた。その蕾の大きさは、一メートルほどあるだろうか。

『ここはマナがたくさんあって、心地いい……』

ルーナが如雨露の水をすべてやりきると、大きな蕾がゆっくり花開き――可愛らしい少女が出てきた。

頭には黄金色の花が咲き、柔らかな葉と蔓がまるで装飾品のように金色の髪を飾っている。大きな水色の瞳は、キョロキョロ周囲を見ている。身長はルーナの腰の高さほどで、花びらのドレスを身にまとった――花の妖精のようだ。

全員が、息を呑んで少女を見た。まさか花から人が生まれるとは思っておらず、どうすればいいかわからないのだ。そんななか、一番に動いたのはルーナだ。

「ねえ、陛下を治せるのよね……？」

『――うん！』

神秘的な雰囲気を纏っていた少女は、花がほころぶような笑顔をルーナに見せ、ユグのもとへ行き砕けてしまった手を取った。

『癒しを――』

少女がそう告げると、頭に咲いていた大きな花の花びらがはらりと落ちて枯れ始めた。しかし同時に、砕けたユグの腕が治っていく。どうやら肩と体の一部も砕けていたようだ。紛れもない治癒の力に、釘付けになる。時間にして、ほんの数秒だっただろうか。

「……治ってる」

ファルケの声に、全員が安堵の息をついた。

「よかった」

ルーナは安心して座り込みそうになるが、それをぐっとこらえてユグと少女のもとへ急ぐ。少女の頭の花が枯れてしまったことも、心配の一つだからだ。

「大丈夫ですか⁉」

「私はこの通り綺麗に治ったが……少女の花が……」

ユグは不安そうな声で言うと、少女を見た。しかし頭の花が枯れただけで、ほかに異変はないようだ。少女はニコニコしている。

「陛下の怪我が治ってよかったです。この子は……ええと、花が枯れてしまったけど、大丈夫なの？　教えてくれる？」

ルーナが優しく問いかけると、少女はコクコク頷いた。

『わたしの力は頭の花に蓄えられているから、使うと枯れちゃうの。でも、わたし自身はこのまま生き続けられるよ』

「そうなの……」

少女の命に別状はないようで、ひとまずルーナは安心して大きく息をついた。ユグの体が治ったとしても、この少女の命と引き換えでは寝覚めが悪すぎる。

「あなたにとって花は大事なものだったでしょう？　ごめんなさい。……でも、ありがとう。陛下を助けてくれて、ありがとう……！」

ルーナはぎゅっと少女を抱きしめて、何度もお礼を告げる。すると、ユグの手がルーナの肩に添えられた。

「私からも礼を言う。体を治してくれてありがとう」

『喜んでもらえることが、わたしたち花にとっての幸せなの。どういたしまして！』

少女は嫌な顔一つせずに満面の笑みを見せてくれた。ユグが治ったのだから、自分のことは別にいい、と。

『でも、その花は可哀相。助けてって、悲鳴が聞こえた』

「――！」

少女が言ったのは、武器の花だ。誰かを殺すために使われたいと望む花なんて、きっといないのだろう。

（わたしには、武器になった花の声は聞こえなかった）

けれど、少女が言うのだから、花としての意識はあるのだろう。もしかしたら、絶望から喋ることができなくなってしまったのかもしれない。助けてあげたいと、ルーナは思う。けれど、自分にそんな力がないことも知っている。

（もっと、もっと勉強しよう。強くなろう）

ルーナのなかで、花師となって成し遂げたいことが増えていく。

「お母さん、お父さん、どうか見守っていてください」

「ルーナなら、きっとやり遂げられるだろう」

「陛下……」

ふいにユグからかけられた言葉にルーナは目を見開く。応援してくれる人がいるのが、こんなにも心強かったなんて。

「私たちもいますよ」

「わたくしも、精一杯ルーナ様のサポートをさせていただきます」

「まずはエデルで安定して花を育てられる環境作りから始めましょう」

ファルケ、アティー、ハルムが、ユグの言葉に同意して声をかけてくれる。全員、ルーナならできると信じてくれている。

『わたしも一緒です！』

少女も嬉しそうに告げて、ルーナと一緒にいたいのだと口にした。

「みんな……ありがとう」

ルーナは目に涙を浮かべながら、「ここからが頑張りどころですね！」と意気込んでみせる。すると、隣にいるユグも頷いてくれた。

「花を咲かせたのだから、もう見習いは卒業だな」

「え⁉　でもさすがに、それはちょっと早いのでは――」

ルーナがユグの言葉を否定しようとすると、ファルケが「おいおいおい～」と間に入ってくる。

「エデルで花を咲かせたんだから、見習いは卒業に決まってるだろ。じゃなかったら、何をしたら花師になれるっていうんだ？」

「そ、それは……確かに……？」

花を咲かせるという最大の難関をクリアしたルーナが花師でなければ、永遠にエデルに花師は現れないだろう。ファルケのその言葉に、みんなが笑う。さらに、ハルムがそこに追い打ちをかけてくる。

「そもそも、ルーナは花師としての基礎がきちんとできています。コーニングで試験を受けたら、普通に受かると思いますよ」

「えぇっ⁉　だって、千人に一人しか受からないって……」

だからその千人に一人がルーナなのだが、その実感はないようだ。ルーナには、ちゃんと両親からの技術が受け継がれているし、努力も怠らなかった。

「ルーナ様がすごいことなんて、私とユグ様はとっくにお見通しですよ」

「まあ！　わたくしだって存じていましたよ！」

ファルケとアティーがルーナを褒めると、収拾がつかなくなりそうだと判断したらしいユグが「帰るぞ」と声をあげた。

エデルの花師としての仕事は、ここからが始まりだ――。

「エピローグ」エデルの花師

「まったく、治ったからいいものの……無茶しすぎなんですよ」

「わかった、わかったからもういいだろう……」

本日の仕事がすべて終わった夜——ユグの執務室では、先ほどからファルケがくどくどくどくど説教をしていた。先日の戦いでユグが怪我をした件だ。今はユグとファルケの二人しかいないので、言いたい放題になっている。

「まさかこの期に及んで、死んでもよかった——なんて、言いませんよね？」

「あ、ああ……」

すごむファルケに、ユグはただ頷くことしかできない。「それならいいです」というファルケの声を聞き、ほっと胸を撫で下ろした。

以前、ユグは生というものに執着していなかった。自分は半端者だから、いくら強いとはいえエデルの王に相応しくないし、エデルにいていいのかすら、悩んでいたことがあった。なので、戦争では進んで前線に出ていたのだが——あるときファルケに「いい加減、王としての自覚を持て」と諫められたのだ。

「……ところで、ルーナとハルムの護衛に関してだが……」

「ああ、選定を進めていますよ。ただ少しかかりそうなので、日中の移動は今まで通りアティーと一緒にしてもらいます」

エデルでは、あまり護衛というものはつかない。夜人が元々強いからだ。もちろん、儀式のときや何かあるときは護衛がつくこともあるが、それくらいで。そのため、今回コーニング王国の人間が侵入してルーナを攫った件は、かなり衝撃だった。

「ということで進めていますが……夜は、変わらずユグ様が護衛と考えていいですか？」

「――！　お、お前……」

「もしかしてばれてないとでも思ってたんですか？」

ユグが動揺を見せると、ファルケがハッと鼻で笑った。それに反論しようとしたが、何を言えばいいかわからず口をパクパクしただけで終わってしまった。

「というか、ユグ様って思っていたよりもちょろかったんですねぇ……」

「ちょ、ちょろ……!?」

「いや、だってそうじゃないですか。女性に対して免疫がなさすぎるというのも、考え物ですね……。まあ、ルーナ様だからよかったですけど」

女性を手配して経験を積ませておいた方がよかったのでは？　なんて言うファルケに、ユグは即座に「やめてくれ」と口にする。そんなことをされるくらいなら、ちょろい方がまだマシ……かもしれない。

「そろそろ時間ですかね」

「——ああ」

ファルケが室内を見回し、窓の施錠やカーテンがしっかりしまっているかを確認する。

それが終わると、タイミングを見計らったようにユグの体が変化し――人間の青年の姿になった。

ルーナがヨトトの書庫で会った、青年ユズだ。

「それにしても、ユズと名乗るとは……もう少しいい名前は思いつかなかったんです？　絶対にすぐばれると思ったんですけど……ばれてない不思議……」

「うるさい！」

姿が変わるので必然的に多少声質も変わるのだが、雰囲気は似ているし、名前だって一文字違い。たいていの場合、ユグだと気づくのでは？　とファルケは思っている。実際、ファルケは初めて人間の青年姿のユグを見たときすぐその正体に気づいた。

「……書庫に行ってくる」

「お気をつけて」

ユグはフードを頭からかぶって全身を隠すようにして、執務室を後にした。

「あ、ユズ様！」

「いらっしゃい」

ユグが書庫へ行くと、ルーナとヨトトがお茶をしていた。お茶請けにはクッキーも用意されていて、楽しそうに花の話をしている。

「……ああ」

ユグ――ユズはいつも通り書庫の隅へ行き、腰を下ろす。ルーナと話すことにも慣れてきたけれど、やはり自分がルーナと話すのは申し訳ないのでは？　と思ってしまうのだ。

（……私は夜人と人間の間に生まれた、中途半端な存在だからな……）

そのため日中は骸骨の姿だが、夜は人間の姿になってしまう。両親は、父親が先代の王で、母親はコーニング王国から和平の際に嫁いできた王女だ。そのためいつも、自分は中途半端だと自信が持てなかった。

実際、夜人たちは自分が夜人と人間の間にできた子――混ざりモノだということを知っている。ただ、夜になると人間の姿になることは知らない。それを知っているのは、ファルケとヨトトの二人だけだ。もしほかの夜人、たとえばユグを王だと認めていない派閥に知られたら、好機とばかりに夜に襲撃されるだろう。

（……この姿になると、どうにも嫌なことばかり考えるな）

ユズがため息をつこうとしたら、ぐいっと口に何かを当てられた。顔を上げると、ルーナが自分の口にクッキーを押しつけていた。

「――!?」

「そんな仏頂面(ぶっちょうづら)してないで、一緒にクッキーを食べましょう。花のかたちのクッキーを焼いてもらったんです。お祝いに、って」

「お祝い……」

ユズがルーナの言葉を復唱すると、ルーナは大きく頷いた。

「実はわたくし、エデルの花師見習いから花師になったのです！　正式な花師です！」

「それは……おめでとう」

「ありがとうございますっ！」

お祝いの言葉を告げると、ルーナは花がほころぶような笑顔(えがお)を見せてくれた。それにつられて、ユズも少し表情が和(やわ)らぐ。

(喜んでくれているようで、よかった)

花師見習いではなく花師にと話をした際、ルーナは最初否定していた。なので、もしかしたら乗り気ではなかったのかもしれない……と、あの後で少し心配していたのだ。

(こんなに嬉(うれ)しそうなら、もっと早く正式な花師にすればよかった)

そんなことも考えてしまう。

「だから、ユズ様にも一緒にお祝いしてもらえたら嬉しいんですが……」

「お茶を淹(い)れましたから、一緒にクッキーを食べましょう。ね、ユズ様？」

ヨトトが「ホホッ」と楽しそうに笑ってこっちを見ている。ヨトトはユズの正体を知っているので微笑ましそうな視線を送ってくる。

「………わかった」

ユズが重い腰を上げると、ルーナが「嬉しいです」と手を引いてテーブルまで引っ張った。今日はお祝いだからか、テーブルのスペースがいつもより広くて、いつも本が積まれている椅子がちゃんと座れるようになっている。

(置いてあった本は一体どこに片付けたんだ……?)

ユズは不思議に思い辺りを見回すと、心なしかいつもより本の山の高さが上がっているような気がしたので、考えるのを止めた。

「さあ、乾杯しましょう！　お茶ですが」

「はいっ！」

「……ああ」

それぞれティーカップを手に取ると、ヨトトが「ホホッ」と咳払いをして「改めてお祝いです」と口にした。

「ルーナ様、エデルの花師就任、おめでとうございます！」

「おめでとう」

「ありがとうございます！　わたくし、きっとエデルを花いっぱいの国にしてみせます。そうしたら、ここにも花を飾りにきますね」

ルーナが小さな夢を口にすると、ヨトトが「それは楽しみですね」と笑顔で頷く。ユズも、「いいと思う」と同意した。

「しかしエデルで花が咲くとは、大発見ですよ。研究結果がまとまったら、ぜひ本にして僕の書庫へ入れてください」

「もちろんです！　……ただ、結果がいつ出るかはわかりません。ハルム師匠といろいろ調べてはいるんですけど、まだ芽が出た例はほかにないんです」

ヨトトの本に対する熱意にルーナが同意しているが、研究はまだ始まったばかりで、結果が出ているわけではないと眉を下げた。

しょんぼりしているルーナを見かねて、ユズは口をはさんだ。

「……エデルができて千年以上、今まで花が咲いたことはなかったんだ。それを考えたら、研究を始めてたった数日なのだから、そう急ぐこともない」

「千年……。言葉にすると、とても長いですね。その千年の間にたくさんの人がエデルに花を咲かせようとした記録を、ここで読みました」

ルーナはその記録がどんなものだったか教えてくれた。種の入手方法から、どこで種を植えたのか、どんな形態の夜人が植えてみたのか……など。そのデータは膨大で、今までの夜人の歴史が詰まっているのだと言う。

「わたくしの夢はエデルで花を咲かせることですけど、この夢はわたくしだけのものじゃなかったのだと……気づきました。わたくしは長年研究してきたみんなの夢も背負っているんです」

ルーナの言葉に、ユズはドキリとした。

「──人間なのに、夜人の夢も背負うというのか？」

そう口をついて出て、ユズはしまったと口に手を当てる。そんなことを言われたら、気分がいいものではないはずだ。しかしルーナはまったく気にした様子を見せず、それどころか笑みすら浮かべている。

「そうです！　みんなの夢を、わたくしが叶えます。なんといっても、エデルの花師になったのですから！」

「……頼もしいな」

ユズは自信満々に告げるルーナがとても眩しく見えた。自分も、夜人であり人間でもあるのだと、堂々と言えていたら何か違っていたかもしれないし、こんな捻くれた性格になっていなかったかもしれない。

（……まあ、元々の性格だろうけど）

それからどんな花を見てみたいとか、エデルに花畑を作るならばどこがいいとか、そんな楽しい話をしていたらあっという間に時間が過ぎてしまった。

「は～、楽しかった。今日もありがとうございました。ヨトト様。おやすみなさい」

「いえいえ。ルーナ様と話す時間は、僕も楽しいですよ。花が見られるという楽しみもできましたからね。おやすみなさい」

ルーナとヨトトが別れの挨拶をし終えたのを見て、ユズも立ち上がる。護衛としてルーナを部屋まで送り届けるのがユズの役目だ。

深夜の廊下はとても静かで、ルーナとユズ以外の人影はない。

「いつもすみません、ユズ様。部屋まで送っていただいて……」

「別に構わない」

ルーナはいつもどこか遠慮している。花に関してはぐいぐいくるくせに、それ以外のところでは恐縮することが多い。

(それは多分、出自に関係しているのだろうな)

コーニング王国がルーナを攫った際、その出自に関しても調べたのだ。そうしたら、国王と養子縁組したばかりの、元は貴族ですらないただの平民だったのだから驚きだ。あのときファルケが大きくため息をついていたが、「結果オーライですかね」と黒い笑みを浮かべていたのは今でも覚えている。その分の賠償金もたっぷり上乗せしているに違いない。

「…………」

ふいに沈黙が訪れ、ユズはどうしたものかと悩む。いつもはルーナが話しかけてくれるので、こういったときにどうすればいいかわからないのだ。ユグとして接しているときは、別に喋らずとも困らないので気にしたことがなかった。

「……その、エデルには慣れたのか？」

「はい。みんなよくしてくれています。ユズ様も仲良くしてくださるので、心強く思っています。ありがとうございます」

「……そうか」

まさかここで自分が褒められるとは思っていなかったので、ユズは照れて顔を背ける。こんな風に感情を出すことは、自分には苦手だ。

「それから、花の友達が増えました」

「ああ……」

「あ、知ってますか？　フィーフィアと名付けて、今はわたくしの部屋で一緒に生活しているんですよ」

ルーナの言葉に、ユズは「そうか」と軽く頷いた。

フィーフィアとは、ルーナの両親の形見の種から生まれた花の妖精だ。言葉を喋り、治癒の力を持つ美しい少女。もっとも、その治癒の力はユグを助けるために使われ、力の源だった頭上の花は枯れてしまったけれど……。

「どんな様子なんだ？」

フィーフィアのことは毎日アティーから報告が上がっているが、ルーナ自身からも聞いてみたいと思って質問をした。すると、ルーナは目を輝かせていかにフィーフィアが可愛らしいかを話し始めた。

「フィーフィアは、すごいのですよ。最初は食器も上手く持つことができなかったのですが、アティーが教えたらすぐに覚えたんです。花の育て方みたいなことは知らないようですが、マナに詳しいのです。どんなマナを花が好むとか、そういうことを教えてもらえるんです。これは今までなかった記録なので、かなりの大発見ですよ。その研究をエデルで進めていけるのは、ものすごいことです！」

どんどんルーナが興奮してきたが、ユズに止める度胸はない。

「もちろん、花に関することだけではないのです。フィーフィアはあの通りとても可愛い女の子ですから、どんなドレスも着こなしてしまいます。もしかしたら、フィーフィアに告白する男性が出てくるのでは……？　なんて考えてしまいます。ですが、そんじょそこらの人にうちの可愛いフィーフィアは渡せませんよ！」

「そ、そうか……」

まさかそんなことまで考えているとは思わず、ユズは苦笑する。これではまるで娘を持つ父親のようではないか。

（そういえば、怪我を治してもらったのにちゃんとしたお礼をしていなかったな……。もう少しで溜まっていた仕事が一段落するから、明日にでもファルケに相談しよう）

お礼をドレスなどの衣類にすれば、同時にルーナも喜んでくれそうだとユズは思う。それかファルケだったらお揃いのドレスを贈っては？　なんて言ってきそうだなと考える。

そんなことを考えていたら、ルーナの部屋に着いてしまった。

「送っていただきありがとうございます」

「構わない」

ルーナが部屋の扉を開けて中に入るまでが、ユズの護衛の仕事だ。何があるかわからないので、きちんと中に入ったことを確認しておかなければ安心できない。しかし扉を開けると同時に、中からどーんと何かが突撃してきた。

「――っ⁉　ルーナ、俺の後ろに――」

「へっ⁉」

ユズがルーナを背に庇おうとしたが、すぐに気の抜けたような声が聞こえてきた。

『ルーナ～！』

「フィーフィア！」

……飛び出してきたのはフィーフィアだった。どうやら、寝ていたが目が覚めてしまい、ルーナがいなくて驚いたようだ。

「出かけてくると伝えていなかったのか？」

「ぐっすり寝てたから、伝えずに書庫に……」

ルーナの答えを聞いて、ユズは頭を抱えたくなる。さすがに何も言わずに出てきたら不安にもなるだろう、と。仕方がないので、ユズは一つ提案をする。

「…………明日からはきちんと話して伝えておくか、無理なら一緒に連れてくればいい」

「え、いいんですか？　その、ご迷惑になってしまうんじゃ……」

「別に構わない。どうせ茶を飲んで雑談しているだけだろう」

もちろん本を読んだりもするが、ルーナとヨトトとユズの三人が揃っているときは、半ば強制的に雑談タイムにさせられているのだ。

ルーナはフィーフィアを見て、「よかったね、明日からは一緒に行こうね」とニコニコだ。ルーナが嬉しいなら、それでいいだろうとユズは息をつく。フィーフィアも『一緒に行く～！』と喜んでいる。

ふと見ると、ルーナと話し終えたフィーフィアの視線が自分に向けられていた。そういえば自己紹介がまだだったなと気づく。ユズが自己紹介をしようとするより先に、フィーフィアが口を開いた。

『体の調子はどう？　ユ――』

「初めまして、ユズです」

『――ユズ様！』

フィーフィアの言葉を聞いて、心臓がバクンと跳ねた。どう見ても、ユズがユグだということに気づいているではないか。外見がまったく違うのに、いったいどうしてわかったのだろうか。花の力だろうか。ユズが嫌な汗をかいていると、フィーフィアは『う～ん？』と不思議そうに首を傾げながらも笑顔で頷いてくれた。

（本当にわかっているのか……？）

不安ではあるが、ここで自分はユグではないからユズと呼ぶように、と言うことはできない。ルーナに正体がばれてしまうからだ。

『はじめまして。フィーフィアです』

「あ、ああ」

（よかった、ちゃんとわかってくれたようだ）

フィーフィアはドレスの裾をちょんとつまんで膝をおり、可愛らしい淑女の礼を披露してくれた。優雅さだけ見れば、ルーナよりも上だろう。

「わあ、フィーフィア上手！」

『アティーに教えてもらったの』

フィーフィアの上達速度を見る限り、正式な教師を手配した方が彼女のためになりそうだなとユズは判断する。今まで平民として暮らしていたルーナも、一緒に教えてもらうといいかもしれない。

（これもあとでファルケに相談だな……）

そう思いつつも、ユズの思考は若干重くなっている。というのも、今まで自分からファルケに何か提案したりすることがほとんどなかったからだ。多少の政治判断をすることはあるが、いつだってファルケがそつなくこなしてくれるし、むしろそこまでしなくていい！　というような場面もあるほどだ。

ユズがお礼の贈り物や教師の手配について相談したら、きっとニヤニヤ顔でこちらを見てくるに決まっている。

「はー……」

気が重すぎて、思わずため息が出てしまった。すると、ルーナとフィーフィアが自分をじっと見つめていた。

「……っ、な、なんだ？」

「いえ。なんだか難しいお顔をしていると思ったらため息をついていたので、かなりお疲れなのでは……と」

何事かと思ったら、心配してくれていたようだ。

「別に問題ない。気にしないでくれ」

「そうですか……？　ユズ様って夜中はいつも書庫にいるので、ちゃんと睡眠がとれているのか心配です」

ルーナに自分が普段どんな生活サイクルを送っているか話したことはなかったなと思い至るが、睡眠時間はほとんど取っていないため言わない方が吉だろうなと自分の中で勝手に結論付ける。しかしルーナの瞳は心配ですと訴えかけてくるままなので、仕方なく「睡眠はそんなに必要としない」と告げる。

「夜人にもよるが、俺はそこまで睡眠を必要としない。逆に一日の半分以上を睡眠に充てる夜人もいるが……」

「え、そうだったんですか!?　夜人については、わたくしの知らないことがまだまだ多いですね。毎日発見することが多いです」

　ルーナの場合は、アティーの生活サイクルが人間に近かったことも気づかなかった理由の一つだろうとユズは思う。

「だから、別に気にする必要はない」

「……わかりました。何かあったら、まずは聞いてみることにします」

　ルーナの言葉に頷き、ユズは「それがいいだろう」と返事をした。これで話は終わり、書庫に戻ろうとしたのだが——

「ユズ様。わたくしに、もっと夜人のことを教えていただけますか？」

「え……」

　予想外の頼みに、ユズは言葉に詰まる。

（そういうのはアティーに聞いてみるんじゃないのか？）

　誰かに教えたりすることほど、自分に向いていないことはないと思う。これは丁重に断り、代わりに教師を派遣する流れにすればいいだろう。それならファルケにも話を通しやすいはずだ。

『わたしもユズ様に教えてほしい～！』

「——!?」

　フィーフィアからも爆弾が投下されてしまった。なぜ二人して自分を指名してくるのだ？　と、ユズは口元が引きつる。

「そうだ！　書庫で教えてもらったらいいかも？」

『はいっ！』

口をはさむ前に、ルーナとフィーフィアの中で結論が出てしまっているではないか。なぜ自分の返事を聞く前にどこで教えるかまで決まってしまったのか……。

（とはいえ、ここまで決まってしまったら嫌とは言いづらい）

嬉しそうな二人を見て、ユズは仕方ないと肩をすくめた。書庫で教えるというのであれば、ヨトトもいるのでどうとでもなるだろう。……そう思いたい。

「わかったから、いい加減もう寝ろ。明日も早いんだろう？」

「ハッ！　そうでした‼」

ルーナは、明日は朝からハルムと花の研究をする予定になっていたはずだ。早朝に種を植えてみたらどんな結果になるか検証するのだと言っていた。なんでも花によって水をあげる時間帯などが異なるそうだ。

（……かなり大変じゃないか？）

最初はルーナがやりたいならと好きにさせていたが、花の世話というものはユズが考えているより遥かに大変なもののようだ。絶対に人手が足りないだろうと思う。

（しかし人間の花師の手伝いと言って、素直に協力する者が何人いるか……）

花自体が気になる夜人はかなりいると予想できるが、人間と一緒にとなると未知数だ。しばらくは少数精鋭で頑張ってもらいつつ、少しずつ人員を増やしていくしかないだろう。

（……またファルケに相談しなければいけないことが増えてしまったんだが）

どうにもルーナといると調子がずれるとユズは頭を抱えたくなる。

（だが……一人で書庫の隅でうじうじしているよりは……よいのか？）

ユズが考え込んでいたら、ルーナとフィーフィアがじっと自分を見つめていた。

「……っ、お、おやすみ」

「おやすみなさい！」

『おやすみなさい！』

ルーナとフィーフィアはクスクス笑って、ユズに手を振ってくれる。二人は仲良く手を繋いで部屋に入ると、「いい夢を！」と言って扉を閉めた。

「――はー……」

なんだかどっと疲れたと、ユズ――ユグはしゃがみ込みたい衝動にかられた。が、ルーナの部屋の前でそんなことをしようものなら、どこからか情報を仕入れてくるファルケに何を言われるかわかったものではない。

「……おやすみ、我が国の花師」

ユグは無意識のうちに頬を緩めて告げると、ルーナの部屋の前を後にした。

あとがき

初めまして。またはお久しぶりです！　ぷにです。

ビーズログ文庫さんで久しぶりの新作です。『骸骨王と身代わりの王女　ルーナと臆病な王様』をお手に取っていただきありがとうございます！

このあとがきを書いているのは一月末なのですが、とても寒いです……乾燥もすごいです……。発売するころには、もう少し暖かくなって本作のように花が咲いていれば過ごしやすくていいなぁなんて考えてしまいます。


今回は『花師』という特殊な職業がある世界のお話です。

電気の代わりに様々な花が存在している、絵的には可愛いファンタジー！　……ですが、実際は戦争を行っているなど暗い部分もあります。

そんな世界で明るく前向きに頑張ってくれる主人公ルーナは、書いていて楽しかったです。ちょっと間抜けなところもありますが、勉強なども頑張り、いろいろなことに常に全力投球です。

恋愛要素はいつもより控えめに見えますが、ちょっとずつ進んでいく二人を書いていけたらな……と思っております。

最後に謝辞を。

編集のO様。いろいろ打ち合わせをして、改稿など一緒に頑張れてよかったです！　いつも根気よく付き合っていただきありがとうございます！

中條由良先生。個人的にユグのマントがどストライクで、めっちゃ好き……と思いながらいろいろ見させていただいておりました。キャラデザを始め、素敵なイラストをありがとうございます！

本書の制作に関わってくださった方、お読みいただいた読者の方、皆さまに感謝を。ありがとうございます。

ぷにちゃん

■ご意見、ご感想をお寄せください。
《ファンレターの宛先》
〒102-8177 東京都千代田区富士見 2-13-3
株式会社KADOKAWA ビーズログ文庫編集部
ぷにちゃん 先生・中條由良 先生

●お問い合わせ
https://www.kadokawa.co.jp/（「お問い合わせ」へお進みください）
※内容によっては、お答えできない場合があります。
※サポートは日本国内のみとさせていただきます。
※Japanese text only

骸骨王と身代わりの王女

ルーナと臆病な王様

ぷにちゃん

2023年 3 月15日 初版発行

発行者　山下直久
発行　株式会社 KADOKAWA
〒102-8177 東京都千代田区富士見 2-13-3
（ナビダイヤル）0570-002-301
デザイン　横山券露央（Beeworks）
印刷所　凸版印刷株式会社
製本所　凸版印刷株式会社

ISBN978-4-04-737407-2 C0193

定価はカバーに表示してあります。

◇◇◇